A Garota da Capa Vermelha

romance de Sarah Blakley-Cartwright

baseado em roteiro escrito por David Leslie Johnson

com introdução de Catherine Hardwicke

Tradução de Lígia Arata Guimarães Barros e Paulo Afonso

iD editora

Coordenação editorial – Lenice Bueno da Silva
Assistente editorial – Amanda Osti da Silva
Coordenação de Edição de arte – Camila Fiorenza
Diagramação – Robson Ribeiro
Tradução – Lígia Arata Guimarães e Paulo Afonso
Foto de capa – Motion Picture Artwork © 2011 Warner Bros. Entertainment Inc.
All Rights Reserved.
Coordenação de revisão – Iolanda Nascimento Nicioli
Coordenação de Bureau – Américo Jesus
Pré-impressão – Helio P. de Souza Filho, Marcio H. Kamoto
Impressão e acabamento – Lis Grafica

Dados Internacionais de Catalogação na Publicação (CIP)
(Câmara Brasileira do Livro, SP, Brasil)

Blakley-Cartwright, Sarah
A garota da capa vermelha / romance de Sarah Blakley-Cartwright ; baseado em roteiro escrito por David Leslie Johnson ; com introdução de Catherine Hardwicke ; tradução de Lígia Arata Guimarães Barros e Paulo Afonso. -- São Paulo : Moderna, 2011.

Título original: Red riding hood

1. Romance norte-americano I. Johnson, David Leslie. II. Hardwicke, Catherine. III. Título.

11-00343 CDD-813

Índices para catálogo sistemático:
1. Romances : Literatura norte-americana 813

Editora Moderna Ltda.
Rua Padre Adelino, 758, Belenzinho – 03303-904 – São Paulo, SP
Vendas e atendimento: Tel.: (11) 2790-1500
Fax: (11) 2790-1501
www.moderna.com.br
Impresso no Brasil, 2011

Para Catherine, Lauren, Laurie e Ronee,
quatro mulheres incríveis

Introdução

EM AGOSTO DE 2009, me foi enviado um roteiro denominado *A Garota da Capa Vermelha*, escrito por David Leslie Johnson e baseado em uma ideia de Leonardo Di Caprio. A empresa de DiCaprio, Appian Way, vinha desenvolvendo o projeto com a Warner Bros. Imediatamente, eu me apaixonei pela ideia de criar uma versão da clássica história, mais sombria e com mais profundidade.

Os contos de fadas são estruturas ricas que nos ajudam a entender e criar nossos próprios mundos, e é exatamente o que eu tentei fazer. Minha mente estava repleta de imagens e ideias sobre como trazer este mundo à tona. Para inspiração, busquei fontes criativas ao meu redor: pinturas de minha irmã sobre a magia e o humor, roupas de desfiles de moda atuais e, para a criação de Daggorhorn, um pequeno livro de arquitetura do norte da Rússia que eu guardava desde que era adolescente.

Nesta versão de *Chapeuzinho Vermelho*, estava interessada no toque moderno dos personagens e nos seus relacionamentos. A história explora temas como a angústia da adolescência e as dificuldades do crescimento e da paixão. E, claro, há o Lobo Mau. O Lobo da nossa história representa um lado negro e perigoso do homem que acaba fomentando uma sociedade paranoica.

Esta paranoia social permaneceu comigo durante o desenvolvimento do roteiro e, por fim, acabou inserida no DNA da arquitetura de Daggorhorn. Os aldeões moram em cabanas que se parecem com fortalezas em miniatura – são construídas sobre palafitas e têm pesadas venezianas de madeira e escadas que são erguidas durante a noite. As pessoas da aldeia são fechadas tanto emocional quanto fisicamente, e quando a sua paz de décadas com o Lobo começa a se esfacelar, a mesma coisa acontece com os laços entre eles.

Quanto mais profundamente penetramos nesse mundo, mais percebi que os personagens e suas histórias secundárias eram complexos demais para se ajustarem no filme, então quis ajudar a criar um romance para explorar com plenitude a emaranhada teia de emoções na aldeia de Daggorhorn.

Durante uma viagem a Nova York, eu me encontrei com minha amiga Sarah Blakley-Cartwright. Ela havia acabado de se graduar, com honras em Barnard College, com um diploma em Escrita Criativa. Conheço Sarah desde que ela tinha treze anos – ela até fez pequenos papéis em todos os meus quatro filmes anteriores.

Sempre teve um espírito original e poético – repleto de fantasia – e percebi que ela seria perfeita para este projeto.

A partir do momento em que mencionei a ideia a Sarah, ela mergulhou de cabeça. Pegou um avião até Vancouver, na Colúmbia Britânica, quando estávamos construindo os cenários para o filme e ficou totalmente imersa no mundo de *A Garota da Capa Vermelha*. Entrevistou todos os atores sobre seus personagens, participou dos ensaios e dançou em brasas na cena do festival. Sarah realmente se tornou parte do processo narrativo.

Sinto que Sarah escreveu um belo romance, que se aprofundou no mundo dos personagens. Ela permite que todos se deixem envolver nos momentos emotivos, aqueles que nos contam que *Chapeuzinho Vermelho* não é apenas um conto de fadas, mas uma história universal sobre amor, coragem e crescimento.

Curtam.

Catherine Hardwicke

Era uma vez...

...uma Menina

e
um
Lobo...

Primeira parte

1

Da altura imponente do topo da árvore, a menininha conseguia ver tudo. A sonolenta aldeia de Daggorhorn ficava bem no fundo do vale. De cima, parecia uma terra muito distante, estrangeira. Um lugar do qual ela não sabia nada, um lugar sem espinhos nem farpas, um lugar onde o temor não pairava como um pai ansioso.

Lá em cima, tão distante no ar, Valerie sentiu como se pudesse ser outra pessoa também. Ela poderia ser um animal: um falcão, indiferente à sua própria sobrevivência, arrogante e distante. Mesmo aos sete anos, sabia que, de algum modo, era diferente dos outros aldeões. Não conseguia evitar mantê-los a distância, até mesmo os seus amigos, que eram abertos e maravilhosos. Sua irmã mais velha, Lucie, era a única pessoa no mundo com quem Valerie sentia ter uma ligação. Ela e Lucie eram como duas videiras que cresceram entrelaçadas como na velha canção que os anciãos da aldeia cantavam.

Lucie era a única.

Valerie observou além de seus pés descalços suspensos e refletiu sobre o motivo de ter subido até lá. É claro que não tinha permissão, mas este não era o caso. Tampouco era pelo desafio da subida, ou então pela emoção, que havia perdido no ano anterior, quando atingira o galho mais alto pela primeira vez e não encontrara nada além do céu aberto.

Subia bem alto porque não conseguia respirar lá embaixo, na aldeia. Se não saísse de lá, a infelicidade a tomaria, acumulando como a neve até que ela ficasse soterrada. Lá em cima, na sua árvore, o ar batia fresco em seu rosto, e ela se sentia invencível. Nunca se preocupava em cair; isso não era possível neste universo sem peso.

— Valerie!

A voz de Suzette ressoou lá em cima por entre as folhas, chamando-a como uma mão puxando Valerie para a terra.

Pelo tom de voz de sua mãe, ela sabia que estava na hora de ir. Elevou os joelhos, ergueu-se, ficou de cócoras e começou a descida. Olhando para baixo, conseguiu ver o telhado bem inclinado da casa da Avó, construído entre os galhos da árvore e coberto por uma camada espessa de folhas de pinheiros. A casa estava envolta por galhos floridos como se tivesse se alojado lá durante uma tempestade. Valerie sempre imaginava como ela fora construída lá, mas nunca perguntou a ninguém, porque algo tão maravilhoso não deve ser explicado.

O inverno se aproximava, e as folhas começavam a se soltar dos galhos, libertando-se da abrangência do outono. Algumas estremeceram e se desprenderam conforme Valerie se movimentava, descendo da árvore. Ela ficara empoleirada na árvore a tarde toda, ouvindo o murmúrio baixinho das vozes das mulheres sendo soprado lá de baixo até em cima. Elas pareciam estar mais cautelosas hoje, mais graves que o habitual, como se estivessem guardando segredos.

Aproximando-se dos ramos mais baixos que arranhavam o telhado da casa da árvore, Valerie viu a Avó surgir na varanda, os pés invisíveis sob o vestido. A Avó era a mulher mais bonita que ela conhecia. Usava saias compridas em camadas que balançavam conforme ela caminhava. Se o pé direito ia à frente, a saia de seda se agitava para a esquerda. Os tornozelos eram delicados e encantadores, como os da pequena bailarina de madeira da caixa de joias de Lucie. Isso tanto encantava quanto assustava Valerie, pois pareciam prestes a se quebrarem.

Valerie, nem um pouco frágil, pulou do galho mais baixo até a varanda, provocando um ruído surdo.

Ela não parecia tão admirável quanto as outras garotas, cujas bochechas eram rosadas ou carnudas. As de Valerie eram lisas, uniformes e bem pálidas. Valerie realmente não se achava bonita, nem pensava sobre sua aparência... ou nessas questões. No entanto, ninguém esqueceria a loira de cabelos cor de palha e olhos verdes inquietos que brilhavam como se lançassem raios. Seus olhos e aquele ar sapiente que possuía faziam-na parecer mais velha do que era.

— Meninas, vamos! — a mãe a chamou de dentro da casa, a ansiedade transpirando pela voz. — Precisamos estar de volta cedo, hoje.

Valerie desceu antes que alguém percebesse que ela havia estado na árvore. Pela porta aberta, viu Lucie agitando-se perto da mãe, segurando uma boneca que ela vestira de retalhos que a Avó havia doado para esse fim. Ela desejou ser mais parecida com a irmã.

As mãos de Lucie eram macias e arredondadas, um pouco gorduchas, algo que Valerie admirava. Suas próprias mãos eram nodosas, finas, ásperas e com calos. Seu corpo era anguloso. Bem no fundo, ela sentia que isto a tornava uma pessoa que não poderia ser amada, uma pessoa que ninguém gostaria de tocar.

Valerie tinha consciência de que sua irmã mais velha era melhor que ela. Lucie era mais bondosa, mais generosa e mais paciente. Ela nunca teria subido acima da casa da árvore, pois sabia que lá não era o lugar de pessoas sensatas.

— Meninas! É noite de lua cheia. — A voz da mãe chegou até ela, agora. — E é a nossa vez — acrescentou, com uma voz triste que foi se enfraquecendo.

Valerie não sabia o que entender, aquilo de ser a vez deles. Esperava que fosse uma surpresa, talvez um presente.

Olhando para o chão, ela viu algumas marcas na terra que tinham a forma de uma seta.

Peter.

Seus olhos se arregalaram. Ela se dirigiu aos degraus íngremes e sujos da casa da árvore para examinar as marcas.

"Não, não é Peter", ela pensou, vendo que eram apenas arranhões aleatórios no chão.

Mas e se...

As marcas se estendiam para longe até o bosque. Instintivamente, ignorando o que ela *deveria* fazer e o que Lucie faria, ela as seguiu.

Claro que não levaram a lugar nenhum; depois de alguns metros, as marcas desapareceram. Furiosa consigo mesma pela ilusão, ficou feliz por ninguém tê-la visto seguindo nada até nada.

Antes de partir, Peter costumava deixar recados para ela, desenhando setas no chão com a ponta de uma vara; as setas a guiavam até ele, muitas vezes escondido nas profundezas do bosque.

Ele, seu amigo, já havia partido há alguns meses, agora. Eles foram inseparáveis, e Valerie ainda não conseguia aceitar o fato de que ele não voltaria mais. Sua partida fora como o rompimento da ponta de uma corda — deixando dois fios desemaranhados.

Peter não era como os outros garotos que ficavam provocando e lutando. Ele entendia os impulsos de Valerie. Entendia a aventura; entendia sobre não seguir as regras. Nunca a julgava por ser uma menina.

— Valerie! — a voz da Avó agora a chamava. Seus apelos deveriam ser respondidos com mais presteza que os da mãe de Valerie, pois suas ameaças poderiam realmente se concretizar. Valerie se afastou das peças do quebra-cabeça que não levaram a prêmio nenhum e se apressou em voltar.

— Aqui, vovó.

Ela se recostou na base da árvore, deliciando-se com a sensação áspera do tronco. Fechou os olhos para senti-la plenamente — e ouviu o rangido das rodas de carroça como uma tempestade que se aproxima.

Ouvindo-o também, a Avó desceu as escadas até o chão da floresta. Envolveu Valerie em seus braços, a seda fria da blusa e o amontoado desajeitado de seus amuletos pressionando o rosto de Valerie. Com o queixo no ombro da Avó, Valerie viu Lucie movendo-se de forma cautelosa, descendo os degraus altos, seguida pela mãe.

— Sejam fortes hoje, minhas queridas — a Avó cochichou.

Tensa, Valerie ficou quieta, incapaz de expressar sua confusão. Para Valerie, cada pessoa e lugar possuíam seu próprio perfume — às vezes, o mundo todo parecia um jardim. Ela chegou à conclusão de que a Avó tinha cheiro de folhas esmagadas mescladas com algo mais profundo, algo mais intenso que ela não conseguia definir.

Logo que a Avó soltou Valerie, Lucie entregou à irmã um buquê de ervas e flores que ela recolhera do bosque.

A carroça, puxada por dois fortes cavalos de carga, chegou corcoveando pelos sulcos da estrada. Os lenhadores estavam sentados em grupos sobre os troncos de árvore recém-abatidos, que escorregaram quando a carroça deu um solavanco ao parar diante da árvore da Avó. Os troncos — os mais grossos embaixo e os mais leves na parte superior — foram empilhados entre os homens. Para Valerie, os próprios condutores pareciam feitos de madeira.

Valerie viu seu pai, Cesaire, sentado perto da parte traseira da carroça. Ele se levantou e estendeu a mão para Lucie. Ele sabia que nem adiantava tentar ajudar Valerie. Ele cheirava a suor e cerveja, e ela se afastou para bem longe dele.

— Te adoro, vovó! — Lucie gritou, olhando para trás, enquanto ela deixava Cesaire ajudá-la e à mãe, na beira da carroça. Valerie escalou a carroça sozinha. Com um puxão de rédeas, a carroça começou a se movimentar.

Um lenhador se apertou de lado, abrindo espaço para Suzette e as meninas, e Cesaire se aproximou, dando um beijo teatral na bochecha do homem.

— Cesaire! — Suzette sibilou, lançando-lhe um olhar silencioso de reprovação enquanto as conversas paralelas eram retomadas dentro da carroça. — Estou surpresa que você ainda esteja consciente a esta hora tão tardia.

Valerie já ouvira acusações como essa antes, sempre encobertas com insinuações irônicas ou perspicazes. No entanto, ela ainda se assustava ao ouvi-los dizer aquilo com aquele tom de desprezo.

Ela olhou para a irmã, que não havia ouvido a mãe, pois ria de alguma coisa que o outro lenhador havia dito. Lucie sempre insistia em dizer que seus pais eram apaixonados, que o amor não era coisa de grandes gestos mas sim do cotidiano, era estar presente, ir para o trabalho e voltar para casa à noite. Valerie tentou acreditar que isso era verdade, mas não podia deixar de sentir que tinha de haver algo maior no amor, alguma coisa menos pragmática.

Valerie segurou firme enquanto se inclinava sobre a barra em volta da carroça, olhando para o chão que desaparecia rapidamente. Sentindo-se tonta, virou o rosto para o outro lado.

— Meu bebê! — Suzette puxou Valerie para o colo dela, e ela se deixou ir. Sua mãe, muito pálida e linda, cheirava a amêndoas e a farinha.

Quando a carroça saiu do bosque Black Raven e passou troando ao longo do rio prateado, a névoa sombria da aldeia surgiu plenamente na visão. Seu augúrio era palpável, mesmo à distância: palafitas, espinhos e farpas se projetavam para cima e para fora. A torre do celeiro com mirante, o ponto mais alto da aldeia, se elevava imponente.

Era a primeira coisa que se sentia ao passar pela cumeeira: *medo*.

Daggorhorn era uma aldeia repleta de pessoas com medo; pessoas que se sentiam inseguras mesmo em suas camas, vulneráveis a cada passo e expostas a cada esquina.

Elas começaram a acreditar que mereciam a tortura — que haviam feito algo de errado e que algo em seu interior era ruim.

Valerie observara os aldeões se encolhendo de medo todos os dias e sentiu a diferença entre ela e os outros. O que ela temia mais que estar fora era uma escuridão que vinha de seu interior. Era como se ela fosse a única a se sentir assim.

Isto é, com exceção de Peter.

Ela pensou na época em que ele estava lá; os dois juntos, destemidos, vibrando com a alegria irresponsável. Agora ela se ressentia dos moradores pelo seu medo, pela perda de seu amigo.

Após atravessar as portas de madeira maciça, a aldeia se parecia com qualquer outra do reino. Os cavalos lançaram muito pó, como faziam nessas cidades, e todos os rostos eram familiares. Cães vadios perambulavam pelas ruas, de barrigas vazias e pendentes, tão incrivelmente magros que a pelagem nas laterais parecia listrada. As escadas repousavam delicadamente nas varandas. O musgo escapava das frestas nos telhados, se espalhava diante das casas, e ninguém fazia nada a respeito.

Hoje à noite, os aldeões se apressavam em levar os animais para dentro.

Era noite do Lobo, assim como havia sido em todas as luas cheias por tanto tempo que ninguém mais se lembrava.

As ovelhas eram arrebanhadas e cerradas por trás de portas pesadas. Passadas de mão em mão pelos familiares, as galinhas retesavam os pescoços quando eram atiradas escadas acima; esticavam tanto que Valerie se preocupou que poderiam se separar de seus corpos.

Ao chegarem em casa, os pais de Valerie conversaram em voz baixa. Em vez de subir a escada de sua casa elevada, Cesaire e Suzette se aproximaram do estábulo lá embaixo, obscurecido pela sombra projetada pela casa. As meninas correram à frente para cumprimentar Flora, sua cabrita de estimação. Ao vê-las, ela bateu os cascos contra as tábuas instáveis do estábulo, seus olhos claros lacrimosos de ansiedade.

— Está na hora, agora — o pai de Valerie falou, aproximando-se dela e de Lucie e colocando a mão nos ombros delas.

— Está na hora do quê? — Lucie quis saber.

— É a nossa vez.

Valerie viu algo em sua postura de que ela não gostou, algo ameaçador, e se afastou dele. Lucie buscou a mão de Valerie, apertando-a como sempre fazia.

Homem que acreditava em falar a verdade para os filhos, Cesaire puxou o tecido da calça e se agachou para conversar com as duas garotinhas. Disse-lhes que Flora seria o sacrifício deste mês.

— As galinhas nos fornecem ovos — ele lembrou. — A cabra é tudo que a gente pode se dar ao luxo de oferecer.

Valerie ficou paralisada, em total descrença. Lucie ajoelhou-se de tristeza, coçando o pescoço da cabrita para baixo e para cima com suas pequenas unhas e puxou suavemente suas orelhas, da forma que os animais só permitem que as crianças façam. Flora cutucou a palma de Lucie com seus chifres recém-surgidos, experimentando-os.

Suzette olhou para a cabra e, em seguida, para Valerie com expectativa.

— Diga adeus, Valerie — ela falou, descansando a mão no delgado braço da filha.

Mas Valerie não conseguia: algo a detinha.

— Valerie? — Lucie olhou para ela suplicante.

Ela sabia que a mãe e a irmã pensavam que estava sendo fria. Apenas seu pai compreendeu e acenou para ela enquanto conduzia a cabra. Ele puxava Flora por uma corda fina, as narinas dela dilatadas e os olhos atentos de inquietação. Segurando as lágrimas amargas, Valerie odiou seu pai por sua falta de piedade e pela sua traição.

No entanto, Valerie era cuidadosa: nunca deixaria ninguém vê-la chorar.

Naquela noite, Valerie ficou acordada depois que sua mãe as colocara para dormir. O brilho da lua fluía através de sua janela, estendendo-se pelas tábuas do assoalho em uma grande coluna.

Ficou pensando. O pai havia levado Flora, seu precioso animal de estimação. Valerie vira-a nascer no chão do estábulo, a cabra-mãe berrando de dor enquanto Cesaire trazia a minúscula cabritinha úmida ao mundo.

Ela sabia o que tinha de fazer.

Lucie estava aconchegada ao lado de Valerie; esta deixou o calor de sua cama e se dirigiu até a escada do sótão e, por fim, até a porta da frente.

— Temos de fazer alguma coisa! — Valerie sussurrou com desespero, acenando para a irmã se juntar a ela.

Mas Lucie recuou, temerosa, sacudindo a cabeça e, sem dizer nada, queria que Valerie ficasse também. Valerie sabia que ela não conseguiria fazer a mesma coisa que a irmã mais velha; precipitou-se para a entrada e pegou a sua pele de corça. Não ficaria de braços cruzados, assistindo aos acontecimentos de sua vida se desenrolando. Mas assim como Lucie sempre teve admiração pela determinação de Valerie, ela admirava a moderação de sua irmã.

Naquele momento, Valerie gostaria de proteger a irmã inquieta e dizer-lhe para não se preocupar: "Calma, querida Lucie, tudo vai ficar bem até a manhã." Em vez disso, ela se virou, segurou o trinco da porta com o polegar e deixou-o soltar sem fazer barulho no batente antes de mergulhar no frio.

A aldeia parecia especialmente sinistra naquela noite, iluminada pelo brilho da lua, da cor de conchas que haviam sido embranquecidas pelo sol. As casas se erguiam como enormes cascos de navios, e os galhos das árvores se projetavam como mastros farpados contra o céu noturno. Como Valerie saía pela primeira vez sozinha, ela sentiu como se estivesse descobrindo um novo mundo.

Para chegar ao altar mais rapidamente, ela tomou um atalho pelo bosque. Ela pisoteou o musgo, que tinha a textura de pão ensopado no leite, e evitou os cogumelos, bolhas brancas cujos topos eram salpicados de marrom como se polvilhados com canela.

Algo bateu nela, na escuridão, agarrando no rosto como seda molhada. Uma teia de aranha. Parecia que por todo o seu corpo rastejavam insetos invisíveis. Ela passou a mão no rosto, tentando arrancar a teia, mas os fios eram muito finos, e não havia nada para pegar.

A lua cheia pairava sem vida lá em cima.

Assim que chegou à clareira, seus passos se tornaram mais cautelosos. Ela se sentiu enjoada enquanto andava, a mesma sensação que tinha quando limpava uma faca afiada — o sentimento de que um pequeno deslize poderia ser desastroso. Os aldeões haviam escavado um buraco, uma armadilha no chão; pregaram varas afiadas de madeira dentro do fosso e cobriram com um piso falso de capim. Valerie sabia que o buraco estava em algum lugar próximo, mas ela sempre havia passado por ele com segurança. Embora achasse que já o havia ultrapassado, ela já não estava inteiramente segura.

Entretanto, um balido familiar a deixou atenta e, lá à frente, ela pôde ver Flora, solitária e digna de compaixão, cambaleando e berrando ao vento. Valerie começou a correr na direção do vulto triste da cabra, lutando sozinha na clareira iluminada pela luz da lua branca calcária. Ao vê-la, Flora empinou descontroladamente e esticou o pescoço delgado na direção de Valerie tanto quanto sua corda permitia.

— Estou aqui, estou aqui — Valerie começou a chamar; mas as palavras morreram em sua garganta.

Ouviu algo saltando furiosamente a longa distância, em um ritmo acelerado, aproximando-se cada vez mais pela escuridão. Os pés de Valerie se recusaram a mover por mais que tentasse prosseguir.

Em um momento, tudo se aquietou novamente.

E ele apareceu.

Primeiramente, apenas uma nesga preta. Então o Lobo estava lá, de costas para ela, as costas enormes e monstruosas, a cauda se movimentando sedutoramente para frente e para trás, traçando um desenho na poeira. Era tão grande que ela não conseguia vê-lo todo de uma vez.

A respiração de Valerie explodiu ofegante, entrecortada de medo. As orelhas do Lobo congelaram, depois estremeceram, e ele voltou os olhos para encontrar os dela.

Os olhos eram selvagens e belos.

Olhos que a *viram.*

Não um tipo comum de olhar, mas algo que ninguém vira antes. Seus olhos a penetraram, reconhecendo alguma coisa. O terror a atingiu, então. Ela desabou no chão, incapaz de manter o olhar, e se enterrou na profundidade do refúgio da escuridão.

Uma grande sombra pairou sobre ela. Ela era tão pequena e ele era tão imenso que sentiu o peso de sua figura em pé sobre ela embora seu corpo estivesse afundado no chão. Um arrepio percorreu seu corpo conforme ele reagia à ameaça. Ela imaginou o Lobo rasgando sua carne com os caninos em gancho.

Houve um uivo.

Valerie esperou para sentir o salto, experimentar o estalo de suas mandíbulas e o rasgo de suas garras, mas não sentiu nada. Ouviu um tumulto e o tilintar dos guizos de Flora, e foi só então que ela percebeu que o vulto havia se erguido. De seu ponto, agachada, ela ouviu grunhidos e rosnados. Mas havia outra coisa, outro som que ela não conseguiu identificar. Muito mais tarde, ela saberia que era o uivo de uma ira escura sendo liberada.

Depois se seguiu um silêncio assustador, uma calma frenética. Finalmente, ela não conseguiu resistir e lentamente ergueu a cabeça para procurar Flora.

Tudo estava quieto.

Não havia sobrado nada além da corda rompida ainda amarrada à estaca, largada, solta na terra poeirenta.

2

Valerie esperava sentada na beira da rua com as pernas estendidas; o chão estava úmido do orvalho matinal. Ela não se preocupou com os pés sendo pisoteados; ela nunca ligava para coisas desse tipo. Agora ela estava mais velha — dez anos haviam se passado desde aquela noite terrível em que ela encarara os olhos do mal. Embora hoje, passando pelo altar de sacrifício, Valerie nem tivesse percebido a pilha de ossos que sobrara dos sacrifícios da noite anterior. Como todas as outras crianças da aldeia, vira isso acontecer uma vez por mês durante toda a vida e havia parado de pensar no que aquilo significava.

A maioria das crianças tornava-se obcecada pelas noites de lua cheia em algum momento de suas vidas; elas paravam no altar nas manhãs seguintes para examinar o sangue seco e fazer perguntas: *o Lobo fala? É como os outros lobos na floresta? Por que o Lobo é tão mau?* As respostas que foram emitidas muitas vezes eram mais frustrantes que nenhuma. Os pais tentavam proteger os filhos, aquietando-os, dizendo para não falar daquilo. Mas às vezes eles deixavam escapar algumas informações, dizendo: "Fizemos um sacrifício aqui para que o Lobo não venha e coma as lindas menininhas, como você" enquanto beliscavam seus narizes.

Desde seu encontro com o Lobo, Valerie havia parado de fazer perguntas a respeito. No entanto, muitas vezes, à noite, ela era tomada pela lembrança. Acordava e observava Lucie, que adormecia fácil e se deitava bem quieta na cama compartilhada. Sentindo-se desesperadamente sozinha, Valerie olhava-a por um longo tempo, até o pânico se tornar excessivo, e se aproximava para sentir a pulsação da irmã.

— Pare com isso! — Lucie protestava sonolenta, procurando e batendo na mão de Valerie. Esta sabia que sua irmã não gostava de pensar nos seus batimentos cardíacos. Isso a lembrava de que ela estava viva, que era falível, apenas de carne e ossos.

Nesse momento, Valerie correu os dedos sobre o chão gelado da ruela, sentindo os sulcos entre os blocos de arenito antigo. Parecia que a pedra poderia desmanchar, como se estivesse apodrecendo por dentro e, com um pouco mais de tempo, ela poderia esfarelar os pedacinhos com os dedos. As folhas das árvores estavam amarelas, como se tivessem absorvido toda a luz do sol da primavera e resguardassem-na para o inverno.

Era mais fácil se esquecer da lua cheia da noite passada em um dia como hoje. A aldeia inteira se agitava quando todos se preparavam para a colheita: os homens corriam com foices enferrujadas, e as mulheres se inclinavam para fora das janelas de suas casas, derrubando pães em cestas que passavam.

Logo Valerie viu o rosto largo e belo de Lucie quando a irmã surgiu no caminho de volta do chaveiro, aonde havia levado uma fechadura quebrada para consertar. Assim que Lucie apareceu no caminho, algumas das filhas jovens dos aldeões se enfileiraram atrás dela com um andar estranho como um ritual. Quando se aproximaram, Valerie percebeu que Lucie estava ensinando as quatro meninas a fazer mesuras.

Lucie era suave de uma maneira incomparável, a própria suavidade da natureza e do ser. O cabelo dela não era vermelho nem loiro: era das duas cores. Ela não pertencia aqui a Daggorhorn, mas a uma terra felpuda, onde o céu era marmorizado em amarelo, azul e rosa, como aquarelas. Ela falava de poesia; sua voz doce como música. Valerie sentiu como se sua família estivesse com Lucie apenas por empréstimo.

"Como é estranho ter uma irmã", Valerie pensou. "É alguém que você poderia ter sido".

Lucie parou diante de Valerie, e a fila de meninas também brecou. Uma pequenina, com os joelhos manchados de terra, olhou para Valerie analisando-a, decepcionada por ela por não ser mais parecida com a irmã mais velha. A aldeia sempre pensava em Valerie como a outra, a irmã mais misteriosa, a não-Lucie. Duas das meninas observavam um homem do outro lado da rua que tentava freneticamente prender a canga do boi na sua carroça.

— Ei! — Lucie fez a quarta garota girar, curvando-se para manter a mão pequenina da menina acima da cabeça. A menina hesitou em fazer a volta, em tirar os olhos de seu ídolo. As outras meninas pareciam impacientes, sentindo que elas também deveriam ter a sua vez.

Valerie coçou a perna, descamando uma crosta.

— Vai deixar uma cicatriz. — Lucie deteve a mão da irmã.

As pernas de Lucie não tinham marcas, eram impecáveis. Ela as hidratava com uma mistura de farinha de trigo e óleo quando sobrava um pouco para ser usado.

Examinando suas próprias pernas — mordidas por insetos, machucadas e sofridas, Valerie quis saber:

— Você já ouviu falar alguma coisa sobre o acampamento?

— Todo mundo já conseguiu permissão! — Lucie sussurrou, inclinando-se — Agora *temos* de ir.

— Bem, só precisamos convencer mamãe.

— Tente você.

— Está louca? Ela nunca vai me dar permissão. É você que sempre consegue tudo que quer.

— Talvez — Os lábios de Lucie eram grandes e rosados. Quando ela ficava nervosa, ela os mordia e eles ficavam mais rubros ainda. — Talvez você esteja certa — ela disse sorrindo. — Em todo caso, eu estou um passo à frente de você.

Com um sorriso malandro, ela estendeu seu cesto a Valerie, que adivinhou o que tinha dentro antes mesmo de ver. Ou talvez ela tenha sentido o cheiro. Os bolinhos doces preferidos de sua mãe.

— Que *ótima* ideia! — Valerie se levantou, batendo na parte de trás da túnica para tirar a terra.

Lucie, satisfeita com a sua esperteza, pôs o braço ao redor de Valerie. Juntas, elas devolveram as meninas para as mães, que trabalhavam nos jardins. As mulheres eram duras nesta aldeia e, no entanto, até mesmo a mais carrancuda de todas sorriu para Lucie.

A caminho de casa, elas passaram por alguns porcos que resfolegavam como velhos doentes, um cabritinho que tentava seguir algumas galinhas que o ignoravam e uma vaca que calmamente ruminava o feno.

Passaram pela longa fileira de casas, sobre as palafitas, como se estivessem prontas para fugir, e chegaram à penúltima. Içando-se acima pela escada, as meninas entraram na paisagem de suas vidas. A cômoda de madeira era tão torta que as gavetas se recusavam a fechar. A cama de tábuas e cordame soltava farpas. A tábua de lavar que seu pai fizera para a mãe no inverno anterior estava agora desgastada — ela precisava de outra. As frutas vermelhas na cesta estavam rasas e espalhadas para que nenhuma se amassasse. Em um raio de luz vindo da janela, alguns pedacinhos de pena de estofar flutuavam no ar, lembrando Valerie de quando elas pulavam no colchão quando garotinhas e nuvens inteiras de penas ficavam voando ao redor delas.

Não havia muito que distinguisse a casa delas das dos outros. A mobília em Daggorhorn era simples e funcional. Tudo tinha um propósito. A mesa tinha quatro pernas e um tampo achatado, nada mais.

Sua mãe estava em casa, é claro. Trabalhando no fogão, ela estava perdida em pensamentos. O cabelo estava preso em um coque frouxo no alto da cabeça, com alguns fios pendurados soltos na nuca.

Antes de as meninas chegarem, Suzette estava pensando em seu marido, em todos os seus defeitos e virtudes. Sua maior falha, de acordo com ela — aquela que não era perdoável — era que ele não tinha imaginação. Ela pensou num dia recente. Sentindo-se mais sonhadora, com vontade de lhe dar uma chance, ela perguntara, esperançosa: *O que você acha que há fora dos muros?* Ele mastigou a comida e engoliu em seco. Chegou a beber um pouco de cerveja. Parecia pensar. *Um bocado mais da mesma coisa, acho.* Suzette sentiu-se como se estivesse caindo ao chão.

As pessoas isolavam sua família. Suzette sentia-se desligada das coisas, como uma marionete cujos fios haviam sido cortados.

Mexendo o ensopado, ela percebeu que estava presa em um redemoinho – quanto mais ela batalhava para sair, com mais força era arrastada para o fundo, fundo, fundo...

— Mamãe! — Lucie veio por trás dela e gentilmente fez cócegas nas suas costas.

Suzette retornou ao mundo das filhas e de ensopado cru.

— Vocês estão com sede? — Suzette se animou e despejou duas xícaras de água. Ela adoçou a de Lucie com um pouco de mel, mas Valerie, ela sabia, não gostava assim. — Que vocês duas tenham um ótimo dia hoje — ela disse, entregando o copo certo para cada garota.

Suzette era grata por ter a desculpa de ficar em casa cozinhando a refeição dos homens na colheita. Ela voltou a mexer o cozido em um caldeirão redondo enorme com alças dos dois lados, cuja parte de baixo tinha uma protuberância que Lucie sempre achava estranha, pois não era bem uma meia esfera. Ela não gostava de coisas que pareciam incompletas. Valerie deu uma espiada dentro. No caldeirão havia uma mistura de aveia integral, sementes beges e cinzentas, e algumas ervilhas se destacavam no meio de tudo.

Lucie tagarelava enquanto Valerie começou a trabalhar, ajudando Suzette a picar as cenouras em tirinhas finas. Suzette estava quieta. A fala de Lucie enchia o ar morto, mas Valerie se perguntou se havia algo errado. Com cuidado, devido ao humor de sua mãe, como havia aprendido a fazer no passado, ela adicionou alguns legumes à panela: couve, alho, cebola, alho-poró, espinafre e salsinha.

O que Valerie não podia saber era que Suzette retornara aos pensamentos sobre o marido. Cesaire era um pai zeloso, um marido cooperativo, mas isso não era tudo que Suzette havia prometido a si mesma. Se as expectativas fossem menores, as deficiências dele poderiam não ter sido tão devastadoras.

Suzette era agradecida pelo que ele havia feito, pelo exemplo que *dera*. Sentia que havia lhe pago o suficiente por essas coisas, mantendo a casa sempre arrumada e amando as crianças. Ela teve de reconhecer que talvez no casamento, como em qualquer obrigação contratual, em termos de dever e de ter devido, não havia provisão para o amor.

Sentindo-se satisfeita por esta conclusão, Suzette virou-se para as garotas e viu Valerie olhando para ela com aqueles olhos verdes penetrantes, quase como se ela pudesse ouvir os pensamentos da mãe. Suzette não sabia de onde os olhos de Valerie tinham vindo; tanto os dela quanto os de Cesaire eram castanho-claros. Ela pigarreou.

— Que bom que vocês, meninas, estejam ajudando assim. Já disse antes e vou dizer novamente: é preciso aprender a cozinhar, Valerie, quando você começar a construir sua própria casa. A Lucie já sabe.

Lucie era como Suzette. Elas previam e planejavam. Valerie e Cesaire eram rápidos no pensamento e na ação.

— Tenho *dezessete* anos. Não precisamos ter pressa. — Valerie fatiou uma batata, cortando a casca e a polpa aveludada e firme. Deixou as duas metades caírem separadas sobre a mesa áspera. Ela não gostava de pensar nas coisas que sua mãe sempre insistia em falar.

— Você já está na idade de casar, Valerie. Agora você é uma moça.

Com esta admissão, todos os pensamentos sobre qualquer responsabilidade futura se dissiparam das mentes das irmãs. Elas viram a oportunidade se abrir.

— Então, mãe. Vamos sair para a colheita em breve. — Lucie começou.

— Claro que sim. Sua primeira vez, Valerie. — Suzette disse, olhando para baixo para esconder seu orgulho enquanto começava a ralar o repolho.

— Algumas pessoas, algumas mulheres, vão ficar até depois... — Valerie acrescentou.

— No acampamento, ao pé da fogueira — Lucie continuou.

— Hã, ahã — Suzette aquiesceu, sua mente começando a divagar. Então Valerie disse:

— A mãe de Prudence vai levar algumas das outras garotas para acampar.

— E queríamos saber se poderíamos ir também. — Lucie completou.

— Com a mãe de Prudence? — Suzette processou a única parte concreta das informações que havia recebido.

— Por favor, por favor — Valerie insistiu.

Ela pareceu aceitar a explicação.

— As outras mães já deixaram?

— Sim — Valerie respondeu.

— Tudo bem. Acho que tudo bem — a mãe disse distraidamente.

— Obrigada, obrigada, obrigada!

Foi só então, vendo o grau de gratidão, que Suzette percebeu que havia consentido em algo que talvez não devesse.

— Não consigo acreditar que ela disse sim! — Valerie exclamou.

— Foi tão bom quando você ficou dizendo 'por favor', daí ela nem teve tempo para pensar!

As meninas se abraçaram na rua esburacada que dava na praça da aldeia.

— E você foi ótima fazendo cócegas nas costas dela!

— Foi uma boa, né? Sei que ela gosta disso. — Lucie sorriu de satisfação.

— Lucie! Não me diga que você trouxe todo o seu guarda-roupa. — A amiga Roxanne olhou para elas da esquina, a testa pálida enrugada com linhas de preocupação. Duas outras moças apareceram atrás dela: Prudence e Rose.

Em seus braços, Lucie abraçava a trouxa que Valerie percebeu tardiamente que era enorme.

— Você vai ter de carregar o dia todo — Valerie falou.

Prudence olhou zangada, sabendo que Lucie, por vezes, era exagerada.

— Se ficar cansada, *não vamos* carregar para você.

— São cobertores extras. — Lucie sorriu. Ela sentia muito frio.

— Planejando ter companhia? — Rose quis saber, com uma sobrancelha arqueada.

Valerie pensou que as três amigas pareciam um trio de deusas míticas. O cabelo de Roxanne tinha cor de ferrugem e era suave. Era tão fino que parecia que poderia se ajustar dentro de um talo de palha. Suas sardas eram suaves, como manchas em uma asa de borboleta. Com os seus espartilhos, blusas e xales, era óbvio para Valerie que ela era tímida em relação ao seu corpo.

Rose, por outro lado, mantinha os laços da blusa soltos e não se apressava a arrumá-los se o decote descesse um pouco demais. Ela era bonita: tinha a boca em forma de coração e o rosto fino, e chupava as bochechas para deixá-lo mais estreito ainda. Seu cabelo era tão escuro que ficava preto, marrom ou azul dependendo da luz. Se usasse uma blusa mais elegante, Rose quase poderia se passar por uma senhora da nobreza... pelo menos até abrir a boca.

Prudence era de uma beleza melancólica, com cabelos castanhos claros e gestos calculados. Em geral, sua língua era afiada, com palavras ríspidas, mas depois se desculpava. Era alta e um pouco arrogante.

Todas as cinco meninas saíram dos portões da aldeia até o morro, em direção aos campos, deparando-se com uma fila de homens que também estavam animados. O vilarejo em si parecia bem desperto; a expectativa pairava no ar como o cheiro de um tempero forte e inesperado.

O irmão de Roxanne, Claude, alcançou-as e acabou tropeçando quando tentava chutar uma pedra, levando-a adiante a cada passo.

— O-o-oi! — Os olhos de Claude eram cinza e rápidos. Ele era um pouco mais jovem que as meninas, um pária da aldeia, pois sempre havia sido um pouco... *diferente*. Sem explicação, Claude usava uma única luva de camurça, e estava sempre embaralhando um jogo de cartas feito à mão que carregava consigo o tempo todo. Os bolsos estavam sempre puxados para fora da sua calça de retalhos, uma mistureba de todos os pedaços de estopa e couro que sua mãe recolhia por aí. O pessoal o provocava por causa disso, mas ele não se importava; tinha orgulho do trabalho incrível da mãe, que ficava até tarde da noite na costura e ainda dava o duro na taberna como sempre.

Diziam que Claude havia caído de cabeça quando bebê, e que por isso ele era estranho. Valerie achava essa ideia ridícula. Ele tinha uma bela alma.

O problema era que, em vez de se apressar para impor suas próprias palavras, como todo mundo faz, ele realmente ouvia. E isso fazia as pessoas pensarem que ele era lento. Mas era gentil e bom, amava os animais e as pessoas.

Ele nunca lavava suas meias. E ninguém também as lavava para ele.

Tanto ele quanto Roxanne tinham sardas, mas Claude tinha muito mais, até mesmo nos lábios.

Todos chamavam Roxanne e Claude de cabeça de ferrugem, mas Valerie nunca soube por quê. Ela pensava que deveria ser por falta de imaginação. Ela os chamaria de "cabeça de pôr-do-sol às seis horas" e "cabeças de gavinhas de algas do fundo do lago". Valerie cresceu sentindo inveja daqueles cabelos porque sentia que tinham algo de especial; eram uma marca de Deus.

Claude e Valerie ouviram como as outras garotas conversavam sobre os rapazes das aldeias vizinhas que viriam para ajudar na colheita. Claude perdeu o interesse e caminhou vagarosamente em direção ao centro da cidade.

Entretanto, algo mudou no ambiente quando as meninas passaram por um posto de ferreiro temporário, ao ar livre, que havia sido montado no caminho da colheita. As meninas sentiram necessidade de chamar a atenção. Uma aceleração da respiração. Uma perda de foco. Valerie, decepcionada, estreitou os olhos para as amigas, pois eram espertas demais para isso. Perder a cabeça por causa de um garoto. *Henry Lazar.*

Ele era magro e vistoso, tinha cabelos curtos e um sorriso relaxado. As meninas o viram lá fora, trabalhando com o pai, Adrien, igualmente bonito, consertando eixos para as carroças das colheitas. Da mesma forma como algumas pessoas curtiam cozinhar ou trabalhar no jardim, Henry amava os meandros das fechaduras: o processo de planejamento, o projeto, a fabricação. Ele já mostrara algumas que havia feito para Valerie, quadradas e redondas: uma moldada com destreza como a cabeça de um gato, e outra como uma casa virada, desenhada por uma criança, ou um elmo de família.

Valerie acenou espontaneamente enquanto as amigas emudeceram, sorrindo timidamente para os próprios pés, e passaram adiante. Apenas Lucie fez uma mesura polida. Henry balançou a cabeça, sorrindo.

Rose recuou no último momento para ter certeza de que seus olhos encontrariam os de Henry e prendeu o seu olhar por tempo suficiente para que ele se sentisse desconfortável.

Fora isso, as meninas fingiam que Henry não as afetara de modo algum, e continuaram a conversa, ligadíssimas. Como estavam tão próximos, sentiram que admitir a atração as tornaria vulneráveis. Além disso, dessa forma, cada menina podia sentir como se mantivessem Henry para si mesma. Valerie não pôde deixar de se perguntar por que sua reação fora tão diferente da delas. Na verdade, ele era bonito, charmoso, alto e gentil, mas não a deixava se sentindo mais feminina ou zonza.

— Espero que vocês não se esqueçam de quem está chegando hoje. — Valerie brincou.

— Alguns têm que ser bonitos — Lucie acrescentou. — É a lei das proporções.

As meninas se entreolharam e se deram as mãos, pulando para cima e para baixo em uníssono. Elas estariam livres à noite.

E em Daggorhorn, uma noite de liberdade significava tudo.

3

Ainda era tão cedo que a luz da manhã lançava um brilho rosado discreto sobre os campos de feno. Com isso, eles pareciam quase bonitos demais para serem tocados. Valerie e as amigas observavam quando os primeiros homens, saindo da aldeia, ficaram indecisos e calados. Sentiam-se tolos, mas ninguém queria ser o primeiro a invadir a camada uniforme de feno. Porém, trabalho era trabalho, e assim se puseram à faina.

Os homens mal começavam a dar os primeiros golpes quando ouviram o troar de rodas. Uma semana antes, um casamento na cidade provocara grande alvoroço entre as amigas de Valerie; naquele momento, as meninas não conseguiram evitar pensar se a carga estrangeira das carroças mudaria suas vidas. Mas os homens mais velhos da aldeia, já calejados no trabalho, eram donos de um triste saber: por melhor que os rapazes fossem, nunca seriam capazes de corresponder às expectativas das garotas.

A carroça deu um solavanco até parar; o cavalo que a puxava, preto que nem tinta, parecia uma silhueta contra o fundo claro de trigo. À medida que os trabalhadores convidados de outras aldeias começaram a aparecer, as garotas se ergueram dos montes de feno onde estavam sentadas, batendo nas saias para se prepararem. Os rapazes eram cheios de energia, jovens e fortes, e Valerie ficou feliz pelas amigas que estavam abobadas de tanta excitação. De alguma forma, porém, sabia que não haveria ninguém para ela — não entre esses rapazes da aldeia. Faltava-lhes... *alguma coisa.*

Ao saírem, os homens protegeram os olhos do sol. Carregavam cobertores enrolados em pacotes e casacos pendurados soltos sobre os ombros.

Os olhos dos mais jovens passaram rapidamente pelas meninas. Eles conheciam bem essa dança. Um ceifador especialmente ansioso parou diante de uma atordoada Roxanne, que prendeu a respiração com medo de perturbar o ar ao seu redor.

— Oi! — ele disse, se esforçando e mostrando todos os dentes.

Ele não viu Prudence beliscar a coxa de Roxanne.

— Olá! — Prudence respondeu por ela.

Lucie olhou para baixo, recatada, enquanto Rose ergueu os seios no espartilho. Os olhos de Prudence brilhavam, disparando de um rapaz para outro, pesando seus contras (este tem os membros compridos demais) e suas vantagens (mas tem também o bornal de couro mais bonito). A escolha parecia uma questão de extrema importância.

Assim que eles se foram, as meninas correram em direção às outras em um amontoado, mal conseguindo evitar a colisão.

— São tantos! — Roxanne gritou, soprando uma mecha solta de cabelo.

— Apenas a quantidade certa — Prudence recuperou a respiração, tendo selecionado os bons.

— Um para cada, com alguns sobrando para mim — Rose tropeçou na saia.

— Valerie, você tem certeza que trouxe o chá? — Lucie interrompeu, dando uma parada momentânea na excitação.

— Sim.

Lucie lançou-lhe um olhar, conhecendo a cabeça distraída da irmã.

— Sim, sim, tenho certeza — Valerie disse, batendo na sua sacola.

Elas começaram a desfiar as reclamações sem mesmo considerar que os rapazes poderiam gostar de dar uma palavrinha na questão. Prudence sentiu que ela merecia o ceifador que viera até Roxanne, pois havia sido a única a realmente falar com ele. Valerie pensou que ela estava se impondo um pouco demais, mas Roxanne não argumentou, pois estava de olho em alguém mais calmo e menos saliente, de qualquer maneira.

Lucie apontou para um ceifador que passava, corpulento e de ceroulas.

— Lá vai o seu marido agora, Rose!

— Pelo menos não tenho queda por um tosador de ovelhas que poderia ser meu avô. — O rosto anguloso de Rose fazia-a parecer zangada, mesmo quando não estava.

Roxanne sentiu-se compelida a mencionar a pessoa que faltava no cenário.

— Ah, quem se importa? — ela disse, alisando uma mecha de seu cabelo vermelho. — Henry é mais bonito que todos eles.

— Você sabe que ele não vai se casar com qualquer uma de nós, moças da aldeia — Prudence falou rispidamente, como ela fazia às vezes. — Somos todas muito pobres.

As meninas viram o alcaide e o bailio da aldeia vindo até elas, então se meteram nos campos e se puseram a trabalhar, movimentando as pernas finas conforme recolhiam o feno com os ancinhos, deixando-o em fileiras para a secagem. Valerie gostaria de não se sentir tão distante da emoção de suas amigas; deveria ser maravilhoso sentir-se estonteada de tanta alegria, como acontecia com elas. Por mais que tentasse, o amor nunca havia sido um tema de muito interesse para ela. Naquele momento, sentiu o desânimo que as pessoas sentem após um feriado ter vindo e acabado.

Vendo o desinteresse de Valerie, Prudence ficou satisfeita. "Haverá mais para eu escolher", pensou, examinando os homens nos campos. Apenas então viu outra carroça chegando, tão inesperadamente que sequer teve a chance de trocar olhares com as amigas antes de suas rodas enormes pararem de girar. No entanto, as outras também viram. Lucie ergueu a cabeça, mas fingia trabalhar, catando e deixando a mesma pequena pilha várias vezes. Rose secou o rosto com o forro da saia, e Roxanne afastou o cabelo que pendia na sua testa, já grudenta de suor do ar opressivo.

O cavalo desacelerou até parar; as rodas da carroça deram um tranco para a frente pela última vez e, em seguida, pendeu para trás num sulco da estrada. Valerie observou como alguns homens mais velhos saíram com dificuldade da carroça, mas depois voltou a trabalhar com seu ancinho de dentes largos enquanto o resto dos ceifadores foi saindo. Ela podia sentir suas amigas examinando os recém-chegados.

Anos mais tarde, ao se lembrar desta manhã, ela não tinha certeza do que a fizera erguer o olhar novamente, alterando o rumo de sua vida para sempre – ela sempre dissera que havia sentido algo no canto dos olhos, obrigando-a a olhar quase como se alguém tivesse dado um tapinha no seu ombro para fazê-la se virar. Ao levantar os olhos, viu um jovem de cabelos escuros, estonteante de parar o coração.

Ele parecia selvagem e fantasmagórico, todo vestido de preto, como um cavalo que não podia ser domesticado.

Valerie sentiu a respiração se esvair de dentro dela.

Peter e eu havíamos passado o dia perseguindo um ao outro pelos campos, colhendo enormes cogumelos brancos, cujos fundos cor de carvão, sujos e em camadas, eram tenros e farinhentos. Ao chegarmos à praça, desaba-

mos de tão cansados e começamos um jogo de adivinhas e mímicas, uma coisa na qual eu nunca fora boa. Fiquei totalmente perdida, incapaz de lembrar se estávamos na terceira ou na segunda sílaba da terceira ou da quinta palavra e, espere aí, quantas palavras eram no total?

Mas o pai de Peter apareceu do nada e o puxou, dizendo: "Precisamos partir. Agora."

Os gritos ecoavam atrás dele: "Vigarista! Canalha! Ladrão!"

Peter havia olhado para trás por cima do ombro de seu pai enquanto este o arrastava pela mão. Os moradores se reuniram em uma multidão, agitando armas. Um camponês irritado perseguiu-os com uma tocha acesa estendida: "Isso mesmo, saiam daqui! E não voltem mais."

Eles deixaram a cidade imediatamente, e foi a última vez que Valerie viu Peter. Pelo olhar dos aldeões naquele dia, ela presumiu que ele estava morto.

Mas agora...

"Devo estar louca", pensou. Havia sido há dez anos. Ela desistira, parara de buscar suas setas. Não podia ser a mesma pessoa... *será*?

Também vendo o rapaz, as amigas se entreolharam preocupadas. Ele não se parecia com mais ninguém; era como o brilho púrpura na base de uma chama: o mais bonito e o mais perigoso.

Ele manteve a cabeça abaixada enquanto se movimentava através dos campos, os olhos presos no chão. Evitou encontrar os olhos dos aldeões; era óbvio, ele não respondia a ninguém.

Vendo o olhar transfigurado de Valerie, Lucie jogou um pouco de feno no ar diante dela. Mas Valerie não despertou.

Ela avançou mais perto dele. *Será que é ele?* Mas o Bailio a interrompeu, surgindo no meio de um trecho pesado cheio de juncos e a instruiu a ficar em sua fileira. Valerie se perguntou rapidamente se o Bailio suspeitara de algo, se ele havia notado a forma como ela reagira, o modo como sua pele havia ruborizado e seus olhos abrandado, e fora separá-los propositadamente. Sentiu-se envergonhada, mas recuperou seu bom senso. Ele não teria nenhum motivo para isso. Estava apenas curiosa, saudosa de seu amigo de infância e da diversão que haviam vivenciado juntos no passado.

Ele era apenas um menino com quem brincara, mais velho agora. *Certo?*

O Bailio continuou vociferando uma cadeia ininterrupta de ordens que, com o tempo, passou a soar como um refrão. Ela observou quando a pessoa que poderia ser Peter depositou seu bornal no chão – um pedaço de pano desgastado, com a abertura fechada por um pedaço de cordão roto. Começou a manejar a enorme foice, brandindo-a pelo feno com destreza. Ele colou o queixo ao peito, enterrando o rosto no trabalho.

Valerie tentou observá-lo, mas o maior dos ceifadores surgiu entre eles, sem camisa, com os braços musculosos que pareciam toras. Quando o ceifador monolítico não estava no caminho, o Bailio ficava se entrelaçando entre as fileiras. Valerie só conseguia ver o objeto de sua atenção de relance. Uma mão segurando o cabo do ancinho... uma panturrilha morena e lisa... um pedaço do queixo. Ele atacava o feno com um movimento rítmico. Batendo. Suando. Os músculos trabalhando.

Finalmente, ela pegou um bom ângulo. *Era* Peter. Ela tinha certeza. Seu coração bateu mais forte no peito, mesmo agora, tantos anos depois. Naquela época, havia sido uma paixão inocente e passageira, algo entre crianças, mas agora... ela sentiu algo mais.

Valerie lembrou-se de quando ela e Peter costumavam deitar, de bruços, aninhados nas raízes que se alastravam do Grande Pinheiro. Depois, subiam até o topo para ver todas as outras aldeias que visitariam um dia, após deixarem sua própria aldeia.

Apenas Peter havia saído realmente.

Agora Valerie desejava estar perto dele, conhecê-lo novamente, saber se ele ainda era o mesmo. Estava perdida nestes pensamentos, e seus olhos repousavam nele quando ele ergueu o olhar. Seus olhos encontraram os dela em meio ao ar salpicado de feno. Ele fez uma pausa no ritmo de trabalho, os olhos castanhos quietos e opacos. Então, ele desviou o olhar.

Será que não a reconheceu? Será que ele havia se esquecido? Ou talvez pertencesse a outra pessoa...

O ancinho de Valerie pairou no ar, suspenso.

Será que ela deveria ir até ele?

Mas, então, como se nada tivesse acontecido — *vush, vush, vush* — cingindo a foice firme e rapidamente, Peter estava de volta ao trabalho. Ele não ergueu o olhar novamente.

4

— Valerie!

Ajoelhada no chão, prendendo um feixe de feno da cor do mel, ela ouviu uma voz masculina forte acima dela. *Ele se lembra.* Ela ficou quieta, congelada, incapaz de olhar para cima.

— Valerie?

Ela lentamente ergueu a cabeça — apenas para ver Henry Lazar, que segurava um desgastado jarro de água.

— Você está bem?

— Sim.

— Pensei que tivesse ficado surda de tanto trabalhar. — Suas sobrancelhas escuras se ergueram em curvas com a pergunta.

— Ah! Não — ela hesitou, abalada.

Ela ignorou a água e pegou a enorme marreta de cobre que ele segurava na outra mão e levantou-a até o rosto. O metal era fresco e delicioso.

Olhou ao redor; o movimento da colheita havia abrandado na névoa dourada da poeira. Tentou se mexer em um ângulo mais favorável para enxergar melhor. O problema, no entanto, foi que Henry se movimentou, bloqueando Peter na sua visão.

Valerie sentiu o calor penetrar na marreta, e logo ela já não prestava mais. Quando a devolveu, Henry piscou para ela e riu. Valerie colocou a mão no rosto — ela saiu preta. Havia um círculo de fuligem em cada uma de suas bochechas.

— Você é como uma boneca de porcelana durona.

Apesar das palavras, ela gostou de ouvir aquilo.

Valerie dispensou o lenço dele e limpou o rosto na sua manga. Sabia que a água era apenas uma desculpa para Henry estar nos campos, para ser incluído no dia. Ele ficava de fora de um monte de coisas por causa da posição de sua família na cidade; era difícil para ele, ela sabia, estar em uma classe à parte. Porém, ela olhou para as botas de couro novas dele, tão reluzentes que soltavam reflexos, e perdeu qualquer solidariedade que tivesse por ele. Comprar botas como aquelas quando as pessoas ao redor não tinham o que comer parecia muita insensibilidade.

— Sei que são idiotas — ele disse, com um sorriso silencioso. Valerie percebeu que não havia sido sutil. — É constrangedor. Mas foram um presente da minha Avó.

"Ainda não está bem", ela pensou, sentindo-se agressiva. Tentou ver se Peter notara que ela falava com Henry. Mas ele não parecia ter nenhum interesse; Valerie podia dizer que ele não havia olhado sequer uma vez.

Henry resmungou que precisava oferecer água para os outros. Todas as jovens em torno, que relaxaram o trabalho para observar Henry, rapidamente retomaram a atividade de prender o feno a seus pés. Como ele continuou abaixo da fileira, porém, Valerie pôde sentir os olhos persistentes nela por mais tempo que deveriam.

Henry sabia que Valerie estava em um de seus dias de humor contrariado. Ela queria ficar sozinha. Ao se afastar, no entanto, não pôde deixar de observá-la. Circulavam boatos, rumores de que ela havia visto o Lobo quando criança, que isso a mudara e que ela nunca voltara a ser a mesma. Quando alguém perguntava, ela não dizia nada. Mas era um lugarejo, e não havia segredos.

Ele sempre soube que ela era diferente, mas ele sempre se sentiu um pouco diferente também. Henry pensava que talvez eles pudessem ser diferentes juntos.

O sol do meio-dia brilhou abaixo do centro do céu; ele já tinha tostado os campos, que cheiravam a queimado. Abrigados do calor cruel, os trabalhadores cuidavam do almoço sob um bosque na beirada dos campos — como sempre, os homens em um grupo e as mulheres reunidas em outro.

— Olhem para mim! — Roxanne girou, as sementes de feno caindo em volta, como confetes. — Eu me sinto como uma vaca.

— Você está coberta de coisas. — Rose franziu a testa, arrancando pedaços de feno de seu cabelo.

— Pare de girar feito uma idiota — Prudence sibilou. — Você não quer que os rapazes pensem que você é adulta?

Enquanto observava Peter se juntar aos homens ao redor dos barris de água, Valerie desligou-se da voz das amigas, que soavam para ela como um bando de galinhas cacarejando. Levou um bom tempo enxugando as mãos na saia, cuidando para manter certa distância dele. Na fila da bebida, Peter estava curvado, examinando algo em seu bornal. Ele olhou para cima e observou seu olhar novamente. Ela congelou. Será que ela deveria dizer algo? Esperou silenciosamente, observando a maneira como seus olhos brilhavam. Seria por tê-la reconhecido?

Os ceifadores na fila atrás de Peter o cutucaram. Ele jogou o bornal sobre o ombro e abriu caminho, passando pelo resto dos homens famintos e esquecendo-se da comida.

Uma das garotas puxou a saia de Valerie, e ela relutantemente se afundou no capim, observando-o partir.

À beira do rio, alguns aldeões se dependuravam em uma corda amarrada em um galho pendente, desafiando os outros a pular na água fria.

— Henry, vá! — um deles gritou.

Henry impulsionou seu corpo para fora da borda do barranco, segurando firme a corda, e soltou-a no ponto mais alto do arco superior. Mergulhando na água, ele nadou algumas braçadas e, em seguida, emergiu, batendo os dentes. Um cachorro veio correndo, latindo em protesto. Henry o chamou. Quando ele se recusou a vir, Henry, encolhido pelo frio, atirou um galho. No entanto, o cachorro se distraiu com o seu dono que se inclinara para beber um pouco de água, um dos ceifadores de fora. Outros apareceram, preguiçosamente, ao seu lado – homens exaustos pelo trabalho duro do dia, alquebrados, arrastando os pés. Mas um deles se aproximou da água e se destacou, moreno e imponente.

Henry o reconheceu imediatamente. Era Peter.

O coração de Henry bateu forte. Como precisava pensar, ele encheu os pulmões e afundou abaixo da superfície, fazendo o mundo desaparecer. Abriu os olhos na calma do verde abaixo. A corrente não era rápida onde estava, e ele deixou-se ir, suspenso pelo empuxo da água. Ele ficaria ali para sempre, num mundo de paz, onde não haveria mães mortas. Nem assassinos de mães. *É aqui que eu vou ficar,* a mente submersa de Henry decidiu.

Porém, seus pulmões decidiram de forma diferente, inicialmente incomodando e finalmente ameaçando estourar.

A cabeça explodiu na superfície. Os olhos se fecharam, afastando a água. Ele olhou para a margem, e piscou novamente para ter certeza.

Os trabalhadores haviam ido embora.

E com eles, Peter.

Alguns dos outros rapazes se aquietaram, olhando nervosamente para Henry. Fazia silêncio, com exceção de um pássaro piando nos pinheiros próximos. O pai de Henry parecia especialmente preocupado. Adrien observou o filho sair da margem, mas Henry se recusou a encontrar o seu olhar. Em vez disso, nadou furiosamente, em perfeita forma, com os músculos queimando que sentia que iam se rasgar. O choque do frio era um mal menor, um conforto, comparado ao fato de ter visto Peter.

Ao nadar, ele tentou afastar para longe a lembrança horrível do dia em que Peter deixara a cidade.

Entretanto, mesmo se nadasse até o fim do mundo não seria o suficiente para deixar para trás a imagem de seu pai, um homem duro, alto e forte, chorando lágrimas desesperadas sobre a sua mãe deitada na rua.

Ver Henry Lazar olhando para ele com horror deixara Peter se sentindo mal. Do mesmo modo que sentira naquele dia, há tantos anos. Teve de se afastar antes de Henry emergir novamente da água. Encontrou uma desculpa — disse aos homens que deveria ajudar a montar o acampamento das mulheres.

Por que ele voltou para a aldeia? Por muitos anos, Peter evitara Daggorhorn, o local do acidente terrível.

Ele martelava uma estaca, dirigindo-a impiedosamente para a terra, a um ritmo em que ele poderia ordenar seus pensamentos. Havia algo em Daggorhorn que sempre o atraía, ele se lembrou. Mas tinha medo de estar lá. Com *ela*. Sua lembrança era de que a amava tanto. Eles eram apenas crianças. Era melhor mantê-la como era, mantê-la a salvo como uma pedra polida.

Chegando de carroça, Peter havia encontrado seu caminho como se estivesse em um sonho, impulsionado por uma força irresistível até a aldeia que ele já conhecera tão bem. Como é estranho que tudo à vista, cada árvore, cada pequena curva na estrada, recordava-lhe a mesma garota, a única com enormes olhos enormes verdes. E lá estava ela, imóvel.

Linda. Uma beleza tão poderosa que quase doía.

Mas que trazia lembranças de um passado que ele havia tentado esquecer.

A corneta soou dos campos, sinalizando o fim do almoço, marcando o fim das lembranças. Estava na hora de voltar ao trabalho.

Por que voltei?

O Bailio, exausto, organizava os pares de mulheres que pisoteariam o feno nos leitos das carroças, junto com os homens que passariam as braçadas para elas. Sua barba espessa estava espetada, devido ao calor. Valerie olhou adiante na fileira de feixes bem amarrados e olhou para a esquerda na fila dos homens, procurando-o. Algo atraiu seu olhar para o meio da fila. Os olhos claros de Peter estavam fixos nos dela, e a distância entre eles parecia irradiar um calor translúcido. Valerie, sem pensar, afastou-se de algumas mulheres ansiosas atrás dela e se pôs mais para trás na fila. Ela seria colocada em dupla com Peter.

O Bailio passou no meio do corredor entre os homens e as mulheres, tocando nos ombros para distribuir os parceiros. Com a palma áspera, ele bateu em Valerie e depois em Peter; em seguida, murmurou "você com você" com a voz rude. Embora ela ouvisse o Bailio recitar essas mesmas palavras fila abaixo, ela sentiu que, ao dizer isso em relação a ela e Peter, elas foram mágicas, tornando a ligação entre eles concreta.

O pulso dela se acelerou enquanto trabalharam duro juntos durante toda a tarde. Ela gostava de sentir os feixes que ele acabava de passar.

E, no entanto, ele não olhou para ela sequer uma vez. Foi esse *não* olhar, porém, que significava mais que tudo. Ou Valerie estaria apenas imaginando isso?

O Bailio se metia entre as fileiras, monitorando sempre, e nunca havia a oportunidade de conversar. Foram fiscalizados a tarde inteira. Parecia que ela não fora a única a notar o homem surpreendente — ou que se lembrava dele. Toda vez que Valerie começava a se curvar para baixo, empenhada em dizer algo, alguém aparecia para interromper.

O dia girou lentamente até seu desfecho: o céu tornou-se um cinza-esverdeado poeirento. O Bailio estava em pé por perto, olhando, apoiado em uma perna, um tornozelo cruzado sobre o outro. Seu cavalo grande e preto piscava os olhos lentamente e também observava, pois não havia muita coisa para se ver além dos aldeões se agrupando, hesitantes em deixar o dia passar. Eles sabiam que quanto mais cedo a noite caía, mais cedo viria a manhã.

Tendo trabalhado muito, agora estavam imprestáveis, as mãos penduradas frouxamente ao seu lado, segurando ferramentas obsoletas. Eles se reuniram em massa, como um enxame de gafanhotos, e riam à solta como se não tivessem sequer uma preocupação.

Os rapazes brincavam de pega-pega, esquivando-se um do outro e puxando-se pelas camisas; seus corpos jovens sentiam-se despertos após o duro dia de trabalho. Bebiam lá fora, no frio, sentindo a maneira com que as mãos calejadas se movimentavam pelo ar noturno abafado, obscurecido pelo feno.

Empilhando seu último fardo, Valerie viu Peter curvar-se para pegar seu bornal, prestes a partir.

Era agora ou nunca.

— Peter...

Ele se endireitou, de costas para ela como uma parede. Então, lentamente, virou o rosto na direção dela e encontrou os seus olhos. Seu olhar fixo penetrou-a como uma faca.

Antes que ela pudesse se deter, perguntou:

— Você se lembra?

Ele deu um passo na direção dela. Ela sentiu uma labareda de calor surgir entre eles.

— Como poderia esquecer?

Ela sentiu-se enfraquecer de alegria. O supervisor tocou a corneta nos campos brilhantes cor de ferrugem, sinalizando o fim do dia e o início da celebração da fogueira no acampamento.

Peter manteve os olhos nos dela por um momento mais antes de se virar e partir. Valerie observou, empoleirada na carroça, enquanto ele desaparecia entre as árvores.

5

Lá embaixo, perto do rio, um trabalhador puxava punhados de penas de um frango flácido, largando-as descuidadamente no chão. Os aldeões assavam outra ave sobre a fogueira, girando o longo espeto. O cheiro forte do feno recém-cortado, enrolado em fardos desmazelados, despertara os instintos animais dos moradores. Eles se sentiam lascivos em sua exaustão.

Valerie viu os homens colocarem barris enormes que, quando esvaziados, poderiam ser usados para descer morro abaixo. Barris como aqueles em que Valerie e Peter haviam ficado por algum tempo, certa vez, escondidos dos adultos. O mundo exterior reduzira-se a um ruído monótono dos confins do bosque onde estavam agachados, soltando risadas divertidas.

As lembranças de seu tempo com Peter eram tão concretas e compactas como algo que ela pudesse segurar.

Como poderia ter esquecido? A nova lembrança se sobrepunha à antiga.

Alguém agora tocava na flauta uma melodia fantasmagórica. Seu pai comia ao som da música e teatralmente batia os pés a cada trinado.

— Ajuda a digestão — Cesaire falou, movimentando a cabeça conforme o flautista tocava. Foi a primeira vez que ela o viu o dia todo.

Valerie mordeu a enorme coxa de frango, seu segundo pedaço. Prudence mediu, com inveja, a cintura fina de Valerie com as duas mãos: os dedos se tocavam.

— Não é justo! — ela reclamou.

Rose puxou as meninas de lado e as levou até a beira do rio para mostrar um barco velho que havia sido escondido no mato da margem naquela tarde. Era de um cinza desbotado pelo sol, manchado de excrementos de aves e de vestígios de água barrenta, com o tom decepcionante de manchas marrons cor de café.

— Isso vai bastar — Valerie disse, com um aceno de aprovação.

Caminhando de volta do rio, Valerie viu que Peter havia voltado e que o Bailio estava parado diante dele.

— Vamos limpar a área de pinheiros amanhã, e eu poderia empregar um homem como você. Podemos contratá-lo.

— Você trabalha bem. — Cesaire acrescentou, espontaneamente. Valerie ficou surpresa com o que o pai havia dito, porém satisfeita.

Peter ouviu, olhando com dúvida.

— Vamos lhe dar um machado — o Bailio completou. Suas bochechas eram grossas e ásperas.

Peter sacou seu próprio machado de um bolso traseiro e o girou.

— Eu tenho o meu. Quero o dobro para cortar árvores.

O Bailio ergueu uma sobrancelha e, mesmo com relutância, concordou com o preço. *O rapaz trabalhava bem.* Ele havia colhido mais feno que os outros.

— Muito bem! — Ele se virou. — Os homens, nas rochas grandes, na outra margem do rio! As mulheres vão ficar deste lado. — Como rezava a tradição, os homens e as mulheres acampariam separados.

Apesar da separação costumeira, a mãe de Prudence estava preocupada. Era o primeiro ano que sua filha estava lá, e dizia-se que há muito tempo alguém havia sido morto pelo Lobo. Alguns diziam que havia sido uma criança; outros disseram que foram três meninas que se afastaram durante um mergulho. Outros ainda garantiram que fora uma mulher que havia fugido após ser surpreendida com um amante.

Tal como acontece com muito do folclore sobre o Lobo, ninguém sabia ao certo o que exatamente acontecera nem com quem. Todo mundo sabia apenas que algo acontecera com alguém.

— Espero que estejamos a salvo aqui. Talvez o meu marido possa ficar. — Ela sempre parecia estar prestes a espirrar ou chorar.

— Mãe — Prudence disse seriamente —, não há com o que se preocupar. O Lobo pegou um cordeiro na noite passada no altar. Nós estamos salvos por mais um mês.

— Só mulheres, aqui — outra moça disse bruscamente. — Vai dar tudo certo.

— Tudo bem, então, meninas. — A mãe de Prudence chamou-as para perto, dando-lhes instruções especiais. — Durmam com os sapatos sob o travesseiro. Não deixem que os roubem durante a noite.

As meninas concordaram com falsa seriedade. Estavam acostumadas com suas maluquices.

— Mas, esperem aí, ele ainda não cantou. Vocês vão querer ouvi-lo — um trabalhador gritou, apontando para um homem atarracado, com um nariz que lhe assentava no rosto como um pepino.

— Cante uma música para nós, então. Vamos logo com isso. — O Bailio ordenou, sério.

— Não sei se consigo — o trabalhador respondeu, de cócoras, com falsa modéstia.

— Sim, claro que sim.

— Bem... então, claro. Acho que sim.

Sua música era ritmada e bela, uma balada. Os aldeões se juntaram e deixaram se levar pelo som, um som que deslizava sobre o rio, que envolvia o bosque, que reunia tudo de uma vez. Valerie fechou os olhos, mas os abriu de novo ao sentir alguém próximo dela. Era Peter. Ele havia se aproximado muito; sua respiração aquecia o ouvido dela.

— Me encontre mais tarde.

Ela corajosamente se virou e o encarou.

— Como? — De perto, ele estava lindo, de estontear. O cabelo espesso e escuro caía sobre um dos olhos.

— Espere o meu sinal de luz.

Tudo o que ela pôde fazer foi acenar com a cabeça, impressionada com sua própria reação física. Ela conseguiu se recompor, mas ele já havia partido.

Depois que os homens saíram em barcos para o acampamento do outro lado do rio, as meninas se reuniram dentro da barraca que compartilhavam com a mãe de Prudence. Sentadas em círculo, teciam guirlandas para servir de pesos sobre as pilhas de feno e esperavam que o sono dominasse suas companheiras inquietas. Elas ficaram sobre terra lisa e estavam ao redor de uma lanterna grande que tinha um desenho recortado: pontos e ganchos irradiavam a partir do centro, projetando um mundo de formas no chão e nas paredes revoltas da barraca de lona.

— O chá — Prudence murmurou, estendendo a palma da mão aberta. A mãe dela não demonstrava nenhum sinal de sono. Bem na noite em que precisavam que ela dormisse, ela estava alerta de preocupação, e Prudence queria ter certeza de que ela não acordaria a cada mexida nos troncos da fogueira. Valerie desenterrou das profundezas de seu bornal um saco de chá da Avó, com sálvia, para induzir o sono.

Prudence saiu da barraca para preparar a poção do sono; os olhos brilhavam quando ela se inclinou sobre os carvões da fogueira, já enfraquecidos. Pôs-se de cócoras novamente e entrou, entregando a cada menina uma caneca de chá simples, deixando a poção especial da Avó para a última xícara, que entregou à sua mãe.

Elas esperaram que ela bebesse, tentando não parecer interessadas demais.

— Obrigada! — A mãe de Prudence a levou aos lábios e, em seguida, deitou-a para baixo. — Quente demais — ela falou, estremecendo.

As garotas se entreolharam. Mas ela, à sua maneira rápida e nervosa, logo a pegou novamente.

Enquanto ela bebericava o chá, as meninas conversavam sobre nada de nada. A mistura não parecia fazer nenhum efeito. Dentro de mais alguns instantes, porém, as meninas olharam para baixo, e ela tinha se enrolado nas cobertas.

— Agora, meninas, vão para a cama — Foi tudo que ela conseguiu dizer, apoiada nos cotovelos, sentindo-se cada vez mais pesada. Logo caíra no sono e roncava sobre o chão. As garotas puxaram, para o lado da parte superior da barraca, uma janela que dava no acampamento masculino, totalmente escuro do outro lado do rio, ansiosas para ver o que a noite escondia. Prudence tossiu alto: um teste. A mãe nem se mexeu. Agora, elas podiam falar livremente.

Roxanne não conseguia conter a excitação:

— Valerie, peguei o *Henry* olhando para você hoje.

— Não sei o que fazer — Valerie soltou. — Também achei que ele estava olhando. Na verdade, ele é legal. Mas isso é tudo...

— *Legal?* Valerie, ele é *rico*!

— Eu até mataria para estar no seu lugar. — Prudence falou com convicção. — Você não deve desperdiçar essa oportunidade.

— Não sei, realmente — Valerie refletiu, pensando no que sentiu ao ver Peter. — Como será que é o amor?

— Se você não sabe como é, então, obviamente você não ama — falou Lucie rispidamente, o que não era típico dela. Valerie se sentiu magoada. No entanto, ela sabia que Lucie fazia as outras pessoas se apaixonarem por ela instantaneamente, mas havia algo que evitava que ela fosse a garota que *todos os rapazes* amavam. Valerie tinha consciência de que era um assunto delicado e, portanto, impressionada com o seu próprio tato, ficou em silêncio.

— Você acredita que Peter está de volta? — perguntou Roxanne, mudando rapidamente de assunto, enquanto penteava a chama de seu cabelo colorido com os dedos para tirar qualquer vestígio de palha.

— Não — Valerie respondeu, feliz com a mudança de assunto até perceber que não poderia ser muito franca sobre isso, também. Ela balançou a cabeça para si mesma. — Não dá mesmo para acreditar.

— Ele está incrível, lindo.

— Acho que ele parece um vilão! — Lucie segurou uma foice imaginária e imitou seu andar pomposo, provocando um acesso de risos nas garotas. Ela fechou os olhos enquanto ria, algo que Valerie sempre apreciava na irmã.

Prudence, porém, manteve-se séria.

— Você acha que ele matou pessoas?

— Como quem? — Roxanne se perguntou.

— Mulheres.

Roxanne parecia desconfortável.

— O que *eu* não consigo acreditar é que você costumava ser a melhor amiga dele. — Prudence se dirigiu a Valerie.

— Eles tinham o hábito de fazer tudo juntos — Lucie acrescentou, com um pouco de má vontade. Valerie ficou surpresa. Lucie não parecia ser a mesma.

— Antes de ele se tornar um assassino — Prudence disse com prazer.

As meninas pensavam no assunto. Valerie sempre teve medo de saber os detalhes precisos do que acontecera. Havia sido um acidente. Quando Peter e seu pai criminoso fugiram da aldeia, o cavalo deles havia empinado, amedrontado e assustado pela multidão e suas tochas — e a mãe de Henry fora atingida. Valerie sabia apenas vagamente do incidente, pois era muito nova para ouvir essas coisas na época, e o assunto foi velado mais tarde — totalmente proibido. Daggorhorn era assim. Os traumas iam e vinham. Tinham de ser superados e assim terminavam. Mas Valerie sabia que Henry nunca superara isso.

— Espere só — Prudence falou. —, trouxe uma coisa. — Ela buscou o bornal e tirou alguns frascos. Havia roubado um pouco de cerveja de casca de carvalho fabricada pelo pai em um tonel gigante na parte de trás do estábulo.

— Achei que ele não sentiria a falta de alguns frascos. — ela disse.

As garotas se revezaram, tomando pequenos goles do líquido ardente, mas Rose era a mais entusiasmada.

— Ouvi dizer que isso pode cegar — Lucie fez cara de gozação e pegou a garrafa.

— Tem gosto de mingau podre — Valerie experimentou e cuspiu.

Prudence olhou para ela, ofendida. Ela também não gostou, mas sentiu que, de certa forma, a declaração de Valerie atingia o pai dela em cheio.

— Tudo bem, sobra mais para nós, então — ela retrucou.

— Roxanne? — Rose ofereceu o frasco, provocando e já sabendo a resposta.

— Também ouvi dizer isso, da cegueira — Ela olhou, encurralada. — Caso contrário, eu tomaria mais. — ela acrescentou rapidamente.

— Você que sabe. — Rose deu de ombros. Entusiasmada com a bebida, deixou escapar algo que obviamente morria de vontade de compartilhar. — Henry pode ter sido visto olhando para você, Valerie, mas foi o *meu* ombro que ele tocou quando passou por mim na igreja nesta semana.

— Tocou como? — Roxanne quis saber.

— De modo muito suave e doce. — Rose demonstrou em Valerie. Em um de seus raros momentos de sinceridade feminina, ela perguntou — Você acha que foi um flerte?

— Eu acho — Roxanne era otimista.

Lucie corou. Ela sempre se sentia desconfortável ao falar de rapazes.

— Você vai ter de enfrentá-los em algum momento, Lucie — Roxanne repreendeu. — Vamos lá, você deve achar que *alguém* é bonito...

Lucie sorriu, e as lágrimas foram se formando em seus olhos, tanto de riso quanto de constrangimento. Ainda sorrindo, ela se inclinou e escondeu o rosto no colo de Valerie.

A conversa das meninas se aquietou enquanto a noite escurecia até ficar completamente negra. Juntas, estavam confortáveis mesmo sem conversar, ouvindo apenas os elementos da natureza.

Valerie olhou para Lucie, que adormecera em seu colo com as mãos juntas sob o rosto. Engraçado como às vezes parecia que *ela* era a irmã mais velha.

— Você já se perguntou — Rose quis saber, inclinando-se para o círculo — como o Henry é...

— Como ele é...? — Roxanne franziu o nariz arrebitado e sardento, confusa.

— Sem as roupas? — Rose explodiu.

— Credo! Não! — E você?

Rose sorriu diabolicamente e ajeitou o cabelo.

— Acho que sim... se estou perguntando. — A cena que Rose imaginava incluía, naturalmente, um fogo crepitando, peles de animais dobradas e abundantes taças de vinho.

— Eu já vi meu pai uma vez. — Prudence interrompeu.

As meninas gritaram juntas, animadas e com repugnância ao mesmo tempo, e então rapidamente se aquietaram. Com chá ou sem chá, elas poderiam acordar a mãe de Prudence.

Lucie, ainda aninhada no colo de Valerie, acordou com os gritos delas bem quando Valerie viu o sinal de Peter – uma vela cuja chama tremulava vagamente do outro lado do rio.

— Vamos!

Lucie olhou para ela com os olhos ainda enevoados.

— Qual é a pressa? — ela perguntou, apertando os olhos. Ela conhecia bem a irmã. Bem demais...

— Porque... — Valerie pensou rapidamente. — Estamos perdendo tempo. Precisamos atravessar o rio agora, antes que o efeito do chá diminua.

As meninas se entreolharam e, em seguida, viram o rio fresco que lambia insistentemente a margem. Valerie estava certa.

Já estava na hora.

6

Durante o tempo em que o barco deslizava rio abaixo, as meninas que remavam nunca suspeitaram que Valerie estivesse as conduzindo na direção do sinal de vela de Peter. A luz desaparecera, mas ela havia ficado de olho no lugar em que havia brilhado e sabia exatamente para onde deveriam rumar na escuridão.

Roxanne se inclinou nervosamente na lateral do barco, espiando seu reflexo estilhaçado na água revolta. Ela sentiu que o rio se parecia com tinta sangrenta, mas tentou se convencer de que se parecia mais com suco de amoras.

Prudence aproveitou a oportunidade. Com as mãos segurando os dois lados, ela balançou o barco, deixando Roxanne, cambaleante e gritando, voltar para seu assento.

Prudence riu de forma maldosa; um ar brincalhão e selvagem iluminava seus olhos.

Roxanne a encarou e espirrou um pouco de água.

Da margem, as garotas conseguiram ver três fogueiras de acampamentos diferentes enterradas entre as árvores e começaram a remar, de forma competente, até eles. Essas meninas tinham capacidade de fazer coisas que as outras garotas não conseguiam. Puxavam os remos, e o bote deslizava sobre o rio como um pássaro solitário.

Consideraram brevemente a possibilidade de serem pegas, mas conseguiram tirar isso da cabeça facilmente. Eram jovens e livres — e parecia valer a pena correr o risco.

Vendo a luz de Peter brilhar de novo, Valerie virou o barco para a esquerda. Conforme ele adernou, Lucie perdeu o remo. Esticando-se para recuperá-lo, ela mudou o peso muito rapidamente, fazendo com que o rio corresse por cima da borda para dentro do barco.

As meninas gritaram quando a água jorrou com força no interior do barco. Imediatamente souberam que provavelmente haviam estragado seu disfarce.

— Pulem e virem o barco! Escondam-se embaixo! — Valerie tentou gritar e sussurrar ao mesmo tempo.

As garotas tomaram bastante ar e mergulharam na água, virando o barco de cabeça para baixo enquanto se escondiam. Buscando uma à outra sob a água, conseguiram chegar embaixo. Elas se ergueram, com as saias arrastando atrás como mortalhas, para encontrar o bolsão de ar por baixo do barco.

Ninguém ficou feliz. Os cabelos estavam completamente molhados e seus vestidos encharcados, depois de tudo o que fizeram para ficarem belas para os rapazes.

Agora estavam aqui, no mundo subterrâneo sujo e azul de um barco decrépito, chutando as pernas furiosamente e ainda completamente invisíveis para os outros, até mesmo para elas. De repente, tudo lhes pareceu loucamente engraçado, e juntas se contorceram de risos, tentando contê-los. Então cederam, deixando as risadas escaparem pela noite em alguns gritos, mas tentando, ao mesmo tempo, ficar quietas. Elas pareciam estar dentro de uma concha.

Valerie estava começando a desfrutar seu papel de líder.

— Precisamos dar um jeito nisso — disse, afirmando o óbvio. Em silêncio, fez com que se aquietassem. Elas se esforçaram para ouvir se havia algum movimento na margem.

Roxanne séria, acenou a cabeça, para si mesma, como se Valerie tivesse dito algo perspicaz. Prudence revirou os olhos, exasperada com a tirania recém-descoberta de Valerie.

Após um momento em que nada se pôde ouvir além da água açoitando o bote, Valerie decidiu que elas ainda estavam seguras.

— Tudo bem, vamos lá. Um, dois, três... ergam! — Valerie falou com uma voz que era mais imperativa que o necessário. O barco caiu fazendo um grande *ploft*, com o lado certo para cima. As meninas vadearam pela água rasa até a margem, trazendo o barco e se sentindo idiotas com o peso das saias encharcadas de água, tornando cada passo ainda mais vagaroso e humilhante.

— Venha aqui em cima! — ouviu-se um sussurro alto. Perscrutando a escuridão, as meninas não conseguiam ver quem havia falado. Entreolharam-se, cada uma por si tentando discernir se poderia ter sido seu próprio namorado desejado, antes de prender o barco a uma árvore.

Valerie procurou Peter enquanto escalavam o barranco do rio. As fogueiras dançavam até o céu, e elas se movimentaram para a mais próxima delas, sentindo-se grudentas e sujas até a alma. Lucie correu primeiro, mas se afastou, sussurrando:

— É o pai da Rose!

— Oi? Quem está aí? — surgiu uma voz do círculo de homens agachados ao redor do fogo.

— Desculpe! — Lucie falou, imitando a voz de uma velha. As cinco garotas tentaram parecer discretas e retraídas, reprimindo as risadinhas com desespero.

Os rapazes deviam estar na próxima fogueira.

Ao se aproximarem da luz, Valerie viu através da agitação de faíscas saindo da fogueira do acampamento que Peter não estava entre eles. Os trabalhadores que *estavam* lá ficaram felizes em ver as garotas se aproximando, mas também pareciam surpresos.

— Vocês, meninas, como vieram parar aqui?

— Bem...

— Como?

As meninas se entreolharam. *Será que eles não sabiam?*

— Hã...

Lucie entrou na conversa.

— Desculpe. Nós sempre ficamos deste lado quando acampamos. — Não era mentira. Elas nunca haviam acampado antes.

Os rapazes se entreolharam.

— Não estamos reclamando.

As meninas deram de ombros. Os rapazes não eram espertos, mas eram divertidos. Eles riram ao ver como as garotas estavam molhadas e sujas, mas não exageraram para não constrangê-las. Eram até distintos, tentando muito manter os olhos afastados da blusa de Rose, que caíra ainda mais para baixo com o peso da água, mostrando bem mais o seu corpo. Ela não fez nada para corrigir a situação.

Enquanto todos se secavam ao fogo, Lucie se pôs a trabalhar, tecendo guirlandas de capim e trevo, trabalhando com destreza com seus dedos engruvinhados.

— Não há flores aqui — lamentou baixinho para ninguém em especial. — Vão ter de ficar assim. — Ela se iluminava conforme o seu trabalho avançava.

Em pouco tempo, um dos ceifadores – o de Rose ou de Prudence, dependendo de qual garota era solicitada – tirou uma rabeca. Ele não era um bom instrumentista, mas não importava muito. Enquanto as meninas ouviam, a fogueira crepitava, lançando pedaços de cinza que voavam dentro de seus olhos.

Rose dançou descalça ao lado dele, agitando a saia enquanto tentava convocar as outras meninas ao seu lado; seu cabelo escuro brilhava conforme secava ao calor do fogo. Prudence e Roxanne deram-se as mãos e fizeram um passo circular tímido. Teria sido mais fácil, Rose pensou, se eles tivessem se juntado a ela, tomando mais cerveja. Lucie veio e ajustou os círculos de trevo sobre suas cabeças. Voltou ao seu assento com uma guirlanda, descontente com o modo como havia fechado o anel.

— Foi você que ficou piscando com a luz? — Rose perguntou ao tocador de rabeca com a voz baixa, para deixá-lo ciente de que poderia confiar nela.

Mas ele não sabia do que ela estava falando.

— Luz piscando? Onde? — Ele olhou ao redor, pensando que não queria perder nada.

Rose fez beicinho. *Acho que não.*

O grupo estava preocupado demais para notar Valerie escapar da luz da fogueira e entrar na escuridão.

Sentindo o caminho às cegas através do campo escuro, suas mãos tocaram os talos de capim seco e áspero nas pontas. Quando ela corria os dedos ao longo de uma lâmina da maneira correta, de baixo para cima, parecia liso, mas se ela acidentalmente passava o dedo no outro lado, a lâmina contra-atacava cruelmente, como mil facas pequenas.

Ela esperou, tentando identificar Peter no vazio, mas não viu nada, não ouviu nada. Nunca se importava em ficar sozinha – muitas vezes preferia isso, procurava ficar só – mas buscar alguém inutilmente fazia que ela se sentisse tola e ridícula. De repente, odiava a si mesma e detestava Peter. Começou a andar na direção da fogueira do acampamento, dizendo a si mesma que nunca se colocaria na posição de se sentir tão idiota novamente. Foi então que, quando se arrastava furiosamente por entre os juncos, viu o brilho trêmulo de uma vela na floresta. Ela inspirou profundamente, e sua determinação desapareceu antes que o seu coração pudesse dar outra batida.

Entrou no emaranhado escuro da floresta e o colocou em movimento. Alguns pássaros e os insetos se manifestaram em seus registros separados, intercalando as suas canções e criando paralelos estranhos e dissonâncias. Ela pôde sentir o leve cheiro adocicado do bosque à noite e ouvir o esmagar das folhas secas sob os pés.

A vela, porém, havia desaparecido.

— Peter... — Valerie chamou em um sussurro.

Andou com cuidado, pensando se havia apenas imaginado a luz e se realmente era tão idiota como havia se sentido momentos atrás.

Mas o que era aquilo no chão? Uma marca? Na forma de... uma seta?

Quando se curvou para baixo, cansada, para descartar essa possibilidade como já fizera inúmeras vezes antes, sentiu um toque pesado e úmido em suas costas. Um leve sopro de ar. Sua respiração foi contida.

— Suba — ela ouviu ao se virar.

Era o nariz de veludo úmido de um cavalo. Peter se delineava contra o céu acima dela, segurando as rédeas soltas.

Uma mão estendeu-se para a dela, e ela aceitou. Era grosseira, calejada e quente. Ele agarrou a dela com força, e sem sequer pensar, Valerie deixou-se erguer e deslizou para o cavalo, seu corpo se ajustando ao de Peter. Ela prendeu timidamente os braços ao redor de sua cintura e depois se enrijeceu quando o cavalo se movimentou. Ele andou lento e cuidadoso; enquanto atravessava a clareira, o corpo de Valerie mergulhava adiante com o de Peter quando ele se movimentava para evitar galhos pendentes. Eles não se falaram. Valerie descobriu que não precisava saber quem era esse novo Peter, que tudo bem não saber de nada, que na verdade era melhor assim.

Em seguida, Peter encontrou o que estava procurando: um atalho que cortava a floresta. Ela segurou firme nele quando ele colocou a montaria a galope, e cavalgaram lépidos e livres pelo bosque. Com o corpo perto do dele, recordou a vibração elétrica de estar com ele quando eram jovens, correndo pela floresta tão rápido que o ar assobiava em seus ouvidos. Esse sentimento ainda estava presente, mas significava muito mais agora.

O cavalo ganhou velocidade — o rápido bater dos cascos no ritmo da batida de seu coração. O vento soprava nos seus cabelos, e ela, Peter e o animal estavam tão pertos e se sentiam tão poderosos que parecia que ficariam juntos para sempre, voando.

Mas, por fim, Peter virou o cavalo para fazer a volta. Deixou o cavalo trotar e ouviu a respiração ofegante; eles ainda não haviam quebrado o silêncio pesado. De repente, a voz de um homem rompeu o silêncio, gritando:

— Ei! Esse cavalo é meu! Volte aqui!

Valerie não notara que o cavalo não era de Peter. No escuro, sorriu sem acreditar. Peter *era perigoso.*

— Vou esperar aqui, enquanto você devolve o cavalo.

— Não vá a lugar nenhum — ele falou, deixando-a de fora.

Enquanto ela observava sua silhueta escura voltar para devolver o cavalo, o peito de Valerie se sentiu oprimido como se houvesse muita coisa, como se algo estivesse tentando soltar raízes e brotar lá dentro.

Talvez fosse assim o amor.

Ela tentou se lembrar do corpo de Peter, senti-lo em sua ausência. Ele tinha cheiro de tanino e couro, este rapaz perigoso, este ladrão de cavalos. Ela aguardou seu retorno, perguntando-se o que viria a seguir.

Valerie ouviu um estalo de galhos e olhou em volta. Como não viu nada, olhou para o céu e para o emaranhado de ramos acima. Havia bolsões de noite visíveis entre eles, e conseguiu vislumbrar as nuvens se tornarem sem substância no céu e ficarem à deriva mergulhando em nada. No entanto, duas nuvens persistiram, e elas se afastaram para enquadrar a lua.

Demorou um pouco para Valerie perceber que a lua estava cheia. E vermelha.

Sua mente ficou turva com a confusão. A lua cheia havia sido na noite anterior, então como... O sangue de Valerie gelou nas veias ao tomar consciência disso. Era algo que os anciãos mencionavam, mas não com tanta confiança; silenciavam quando uma pergunta era feita, resmungando, pois ninguém sabia as respostas com certeza. Só sabiam que não era um bom sinal, assim como um gato preto ou um espelho quebrado.

Lua de sangue.

Houve um uivo sobrenatural a distância.

Valerie saltou correndo para fora da floresta e até a margem do rio, que havia sido jogada em seu próprio caos, o enxame de pessoas em ziguezague correndo para a segurança como abelhas.

Todos haviam se espalhado e se empilhavam nos barcos, remando na direção da aldeia. Ela viu Roxanne e Rose correndo em direção a um barco ao largo da praia, chapinhando na água em pânico. Alguns ceifadores já haviam subido — não havia muito espaço. Valerie se apressou até eles, com os respingos da água até a cintura.

— Meninas, esperem!

— Entre! — Roxanne puxou a mão de Valerie, trazendo-a a bordo.

— Espere! Cadê a Lucie?

— Ela e Prudence foram no primeiro barco — Roxanne respondeu, apontando com urgência para um barco já a meio caminho.

— Suba ou fique! — um dos ceifadores pediu enquanto eles empurravam o barco para fora. Toda a etiqueta havia desaparecido com a ameaça.

Uma vez na água, Valerie olhou de volta para a praia, que foi sumindo na escuridão conforme os trabalhadores remavam furiosamente. Havia outro barco esperando lá e não havia homens suficientes para enchê-lo. “Peter vai achar um lugar nele”, tentou se acalmar, com uma sensação de ansiedade fermentando em seu peito.

— A lua cheia foi na noite *passada* — protestou uma voz de uma das carroças na qual todos se empilhavam. O Bailio já as aprontara e esperava enquanto os barcos se esvaziavam. Os veículos de madeira rangiam enquanto se apressavam para dentro da muralha em ruínas da cidade. Os homens saltaram para fechar as enormes portas de madeira da aldeia atrás deles.

— Deveríamos estar a salvo esta noite.

— A lua de sangue voltou!

Enquanto a carroça avançava impetuosamente até o centro da aldeia, todos falavam ao mesmo tempo, com as vozes perplexas.

Alguns homens mais velhos argumentaram com veemência sobre quantas vezes haviam visto uma lua como esta em suas vidas — duas ou três vezes.

Quando a carroça fazia paradas ao longo das fileiras de casas, havia gritos:

— Noite do Lobo! Todo mundo pra dentro!

Valerie saiu e disparou para sua própria casa, esperando que Suzette ainda estivesse dormindo apesar da comoção. Mas sua mãe estava esperando por ela lá em cima, puxando o xale azul apertado contra o frio. A vela acesa iluminava a varanda; a luz irregular caiu sobre Valerie.

Ao ver a filha, Suzette deu um suspiro de alívio.

— Oh, graças a Deus. — Ela deixou a escada cair.

— Mãe!

Valerie pensou se Suzette já sabia que ela e Lucie haviam fugido do acampamento das mulheres.

— Seu pai está à procura de vocês, meninas!

— Desculpe — As notícias pareciam não ter chegado até ela.

— Cadê a Lucie?

— Ela ficou com Prudence. — Valerie ficou satisfeita consigo mesma. Era verdade, sem comprometê-las com qualquer irregularidade.

Suzette olhou para baixo na estrada uma última vez, mas mais relaxadamente.

— Tenho certeza que seu pai vai ficar por aí. Vamos colocá-la na cama.

Deitado em seu quarto, o corpo de Valerie sentia falta do de Lucie; ela se sentiu estranha sem sua irmã ao lado. Ouviu barulho de chuva, que rapidamente transformou-se em granizo que caía em listras sólidas para o chão, rápidas demais para o olho humano reconhecer as gotas individualmente. O inverno estava chegando, e a tempestade era fria e rugia como um Deus irado. Valerie pensou em Peter. Houve lampejos de luz; depois, a escuridão os engoliu novamente. Envolta em nuvens de borrasca, a lua parecia impura, com o brilho avermelhado manchando o céu.

Naquela noite, Valerie sonhou que estava voando.

1

— Eu me lembro quando era menina — Suzette dizia, sentada em um banquinho. — Tinha onze anos quando vi a minha primeira lua de sangue. Era jovem e louca por um garoto. Foi quase romântico.

Com um trejeito vaidoso, ela enrolou no dedo uma mecha de seu cabelo ondulado na altura dos ombros. — Se não tivesse sido tão horrível, é claro.

Perdida em seus próprios pensamentos, Valerie não ouvia nada. Na parte da manhã, com tarefas a fazer, os medos de ontem à noite pareciam triviais, e o pânico, injustificado. Enquanto ela sovava uma massa farinhenta e firme, a mente saltava de um pensamento a outro. Não estava preocupada com Peter, havia ponderado, porque ele parecia saber de coisas que as outras pessoas ignoravam.

Sentia que ele poderia lhe ensinar os seus segredos e lhe contar sobre o mundo. Sentia que poderia dar forma às coisas, do mesmo jeito que fazia para esculpir santos de blocos de madeira disformes. Porém, ela se lembrou... ele estava lá apenas para a colheita... e sua família jamais permitiria que fosse com ele por causa de seu passado na cidade.

Valerie pressionou todo o seu peso na massa, irracionalmente irritada com a dificuldade da tarefa e com a monotonia de estar dentro de casa em um dia lindo. Ontem foi o último dia do outono, hoje o primeiro do inverno. Havia acordado nesta manhã com as solas dos pés lisas e secas no frio. Ela gostava disso. Agora, ouvia vozes lá fora, mas não pôde dizer a quem pertenciam — até ouvir a risada. A risada aguda de Rose. Ela se esforçou para saber se Lucie estava com ela. Ela era muito melhor que Valerie no preparo de pães e biscoitos, e normalmente a teria ajudado depois de ter feito a parte dela. Mas ela havia escapado, passando a noite na casa de Prudence.

— De qualquer forma — Suzette concluiu, percebendo que Valerie não estava ouvindo —, eu diria que agora temos biscoitos prontos suficientes — e bateu as mãos sobre a mesa de forma decidida. — Nós vamos guardar... a sua massa — acrescentou, olhando para o tijolo pouco atraente que Valerie segurava.

Valerie ficou meio ausente enquanto Suzette embrulhava a dúzia de biscoitos de cevada quente e um pouco de queijo em um pano branco macio e os preparou para levá-los para os homens. Ela podia sentir o sabor do sonho que tivera na noite anterior; era fresco e cortante como um limão que experimentara certa vez numa feira.

— Valerie, enquanto eu levo o almoço para os homens, por favor, limpe e varra o chão. E depois — a mãe falou, assumindo um tom cansado —, você poderia buscar um pouco de água?

— Sim. — Valerie respondeu, talvez um pouco rápido demais. — Pode deixar, vou sim.

No poço, Valerie começou a puxar a corda, recuperando o balde de água. Pensava na bebida fresca que estava prestes a levar para Peter, e em como se olhariam sobre a caneca enquanto ele bebia, concentrado nela. Imaginando o seu olhar penetrante, ela parou de puxar, relaxou o corpo, e os dedos soltaram a corda. O balde caiu e bateu violentamente contra a parede de pedra do poço. Respirou, ofegante, e puxou a corda enquanto o balde fazia barulho, quebrando a superfície da água. Decidida e calma, puxou um novo balde de água. Em seguida, partiu para a área onde os homens cortavam as árvores.

O aroma seco de madeira recém-cortada penetrou nas narinas de Valerie quando ela se aproximou.

O Bailio havia reunido um grupo de homens bem treinados que lançavam pesados golpes nas árvores. Ele não era de desperdiçar a oportunidade de contratar trabalhadores baratos quando estavam na cidade. Os homens trabalhavam em grupo, fazendo os mesmos movimentos, usando as mesmas roupas. Mas Peter se destacava. Ele havia prendido a camisa preta sobre os ombros, revelando músculos bronzeados e tesos. Recostada a uma árvore, ela viu seu belo corpo retorcendo a cada golpe do machado. Parecia ilícito vê-lo dessa forma. Mas de algum modo, também, já sentia que ele era dela.

Valerie ficou contente ao ver alguns restos do almoço de sua mãe descartados no chão. Suzette já havia vindo e ido.

— Estas acácias... elas têm a casca muito grossa. — Peter disse ao Bailio, apontando para as árvores espinhosas. Ele enterrou o machado no tronco de uma árvore próxima e partiu para uma serra.

Valerie, vendo seu machado sozinho, disparou adiante para agarrá-lo e correu para se esconder atrás de uma árvore.

Um lenhador que estava por perto cessara os seus golpes e brandia o machado no ombro. Olhando para baixo, ele sorriu e fez um gesto cúmplice, prometendo ficar de boca calada.

Ela se afastou. Mas então viu que alguém havia deixado seu posto: era Cesaire, curvado e apoiado numa árvore, com a garrafa na mão e os olhos vazios. Ele erguia bocados de cozido à boca, a esmo, por vezes, errando o alvo.

Ela desviou o olhar, como sempre fazia. Seu pai era descuidado e um caso perdido; bebia até cair. Mas também era lenhador, caçador, forte e honesto. Era difícil vê-lo assim. Valerie sentiu emoções conflitantes; ele havia sido motivo de muito orgulho e de muita vergonha para ela.

À espera, começou a se perguntar por que Peter levava tanto tempo para perceber o machado roubado. Mas depois ele reapareceu, e imediatamente olhou para seu esconderijo. O sangue dela acelerou. Ele ficou feliz em vê-la, era certo, mas quando se aproximou, estava sombrio, não lhe dedicando a recepção calorosa que esperava.

Algo estava errado. Não podia ser que estivesse zangado com ela por lhe tomar o machado — não seria do seu feitio.

Ele a puxou mais para o meio da cobertura de folhagens para não ser visto ou ouvido. Ela estendeu a mão para ele. No ar mais frio, o cabelo dele estava tão seco e espesso que ela pensou que poderia contar os fios.

— Peter...

Ele a silenciou — seus dedos cobriram os lábios dela. Ela interpretou mal o seu gesto e, por um momento, ficou irritada, pois não aceitava muito bem a submissão. Mas como estava muito feliz, essa sensação se dissipou e ela esqueceu a raiva.

— Por que você está tão triste? — Ela se ouviu flertando com ele, antes de qualquer coisa. Não pôde evitar; seu coração parecia estar pronto para florescer.

— Me dá o machado.

— E o que você vai me dar em troca? — ela respondeu.

Ele deu um passo na direção dela, mas ela se afastou até um pinheiro. Ele se movimentou para bem perto, mas sem tocá-la. Vendo como ele estava sério, ela se rendeu; pressionou suavemente o machado contra o peito dele, deixando os dedos se abrirem no calor que ela encontrou lá.

— Valerie? — Peter parecia triste agora. — Eles não te contaram...

— O quê? — Valerie sorriu. Ele ficava bonito quando estava preocupado. Ela pensou se o estava incomodando ou se ficaria irritada se os outros a vissem como uma forasteira.

— Me contaram o quê? — ela perguntou, impaciente.

— Ouvi sua mãe conversando com seu pai mais cedo — Peter falou, hesitante. Ele cutucou um rasgo no ombro do vestido azul claro.

— E...? — ela perguntou bruscamente, chegando a puxar o tecido rasgado. Ela nunca dava muita atenção às suas roupas.

— Valerie, Valerie — Viu que teria de lhe dizer e se aproximou mais. — Você está comprometida.

A mão dela largou a costura desfeita em seu ombro. Ela olhou adiante, na pele dele tocada pelo sol.

— Com...

— Henry Lazar — Não foi fácil para ele mencionar esse nome.

Valerie sentiu algo bater no fundo do estômago, como um pano molhado.

— Não — ela disse, não querendo acreditar nele. — Não pode ser — ela repetiu recostada no peito dele.

Peter ficou mudo, desejando que pudesse dizer o que ela queria ouvir.

— Não é possível — ela disse.

— É. Estou dizendo, já está feito.

Está feito. Ela tentou pensar.

— Isto é... mas e se... eu não sei se... — Os pensamentos de Valerie eram incoerentes, mas cada vez que ela falava era com um tom de urgência, como se tivesse conseguido uma maneira de se desvencilhar de Henry.

— O que vamos fazer? — Ela perguntou, recostando-se na árvore.

Peter andava para lá e para cá; a rebeldia sombreava sua expressão.

— Você quer se casar com ele? — Peter parou diante dela, aproximando-se.

— Você sabe que não.

— Eu sei? Será que nós ainda nos conhecemos? Foi há muito tempo. Não sou a mesma pessoa que eu era.

— É sim — ela insistiu. — Sei quem você é. — Ela sabia que era ridículo, sentir-se tão segura, tão rápido... Porém, era assim que via as coisas. Era como se eles devessem permanecer juntos. Pegou a mão dele e a segurou com firmeza.

O rosto dele se suavizou.

— Tudo bem, então. Pode haver um jeito... — ele falou, olhando o matiz delicado e prateado dos pântanos no horizonte.

Valerie olhou para ele assustada; sua mente disparou por conta própria.

— Nós poderíamos fugir — ele sugeriu, dando sua opinião antes que ela tivesse realmente processado o pensamento. Ele chegou ainda mais perto, quase tocando a testa na dela.

— Fuja comigo! — ele repetiu as palavras, com um sorriso sincero, pleno e obscuro, daquela forma terrível dele, embora suas ações fossem discretas, como se não houvesse consequências. Ela queria fazer parte de seu mundo menos agitado.

— Para onde iríamos?

Os lábios dele roçaram sua orelha.

— Para qualquer lugar que quiser — ele respondeu. — Para o mar, a cidade, as montanhas.

Para qualquer parte. Com ele.

Ele se afastou para observá-la.

— Você está com medo.

— Não, não estou.

— Você abandonaria a sua casa? Deixaria sua família? Por toda sua vida?

— A-acho que sim. Faço qualquer coisa para ficar com você. — Ela se ouviu dizendo isso e percebeu que era verdade.

— Qualquer coisa?

Valerie fingiu pensar por um instante, para mostrar, para ser capaz de dizer a si mesma que ela o faria. Então, quase que humildemente, proclamou:

— Sim.

— Sim?

— Sim.

Peter deixou-se absorver tudo. Ouviram o relincho de um cavalo e, em seguida, avistaram uma carroça ao longe, sem ninguém, pronta para partir. Não havia ninguém à vista. Parecia o destino.

— Se vamos fazer isso, precisamos ir agora — ela sugeriu, compartilhando do mesmo pensamento.

— Nós estaríamos com meio dia de vantagem antes de alguém perceber a nossa ausência — ele concordou, dando-lhe um sorriso malicioso.

— Então, vamos!

— Vou correr com você. — Ele pegou a mão dela, puxando-a pela tarde brilhante até o cavalo que aguardava. A água espirrou no chão quando Valerie largou seu balde.

"Um dia", ela pensou, "vou viver com Peter em uma casa para nós dois, e haverá um pomar e também um riacho estreito onde nós dois vamos tomar banho e nadar. O sol vai cantar durante as tardes, e à noite, as aves vão colocar as cabeças sob suas asas em espera".

A imagem foi ficando mais clara quanto mais rápido ela corria.

Sentindo a carga da liberdade, ela se sentiu leve como se fosse uma semente de dente-de-leão sendo levada pelo ar.

Foi nessa hora que Claude encontrou o que não estava procurando.

O silencioso Claude percebia coisas que ninguém mais via. Notava como os galhos da árvore batiam como asas, como o grão se agitava como uma tempestade no mar. Enxergava o que estava nas sombras, e o que estava por trás delas também.

Levava o mistério a sério e tentava entendê-lo. O que era incompreensível era que havia tanto para ver, tanta beleza, que ele era obrigado a negligenciar cada momento. Ele tinha dificuldade em se concentrar porque estava focado em tudo.

Ele carregava um bornal de couro cru no qual depositara aqueles bagos e pétalas cujos pigmentos achara especialmente lindos. Era ao mesmo tempo um sensitivo e um criador.

Hoje já havia construído um espantalho enorme usando um chapéu folgado. O espantalho era uma cruz fina de feixe de feno, cuja cabeça explodia em uma pluma de trigo. Claude andava ao seu redor, batendo palmas e esperando uma resposta, um despertar para a vida. Ele era mágico e tinha fé na magia.

Claude tirou o tarô que ele mesmo havia pintado com materiais que havia conseguido na cozinha: vinagre escuro e vinho, suco de beterraba e líquido de cenouras esmagadas. Estudou o baralho que fora trazido à aldeia por um mascate. Apesar das cores limitadas da tinta, as cartas estavam pintadas com precisão, de modo que cada personagem era vívido e especial. Ele tirou uma carta de trás da cabeça do espantalho — um truque de mão que vinha praticando. Olhando para ele, percebeu que a luz da manhã já havia se transformado em um brilho mais forte de início de tarde. Assustado pelo tempo que esteve fora, Claude começou a caminhar para casa, mexendo no baralho enquanto andava.

No entanto, uma carta órfã, a Lua, escapou da pilha, movimentando-se e girando ao vento. Ao persegui-la, apertando o nariz ao sol, chegou numa área de trigo que havia sido colhido.

Estava manchada de sangue.

Claude pôde sentir no ar instável que algo de mau estivera lá, e que ele chegara tarde demais.

Seguiu a carta, hesitante, até chegar a algo terrível, algo que o deixou paralisado na trilha. Ele estacou completamente.

O que ele viu foi muito horrível.

Carne rasgada e a bainha suja de um vestido amarelo. A carta de tarô estava virada para cima, perto de uma mão imóvel.

Hesitou por um instante, com o corpo rígido de medo, e então disparou para a aldeia, tropeçando nos nós das raízes expostas e nos sulcos pelo caminho. Atrás dele, o espantalho acenou a cabeça para trás com o vento, vendo tudo e nada.

Correndo na direção da carroça, Valerie se sentia incrivelmente livre. Ela se percebia visível, mas não vista, como um botão de flor aninhado no mato que ninguém parece notar.

O mundo era dela, e a beleza estava em toda parte.

No cabelo desalinhado de Peter, na madeira áspera sob suas mãos quando ela saltou para dentro do banco, na forma como as rédeas de couro azeitado atraíam a luz do sol.

Bleim.

Bleim..

Bleim.

O terceiro toque dos sinos da igreja pairava no ar, e tudo ficou imóvel. Alguém na aldeia havia morrido. Valerie gelou.

Bleim.

Um quarto toque rompeu o silêncio. O mundo se abriu, expondo o interior cru.

Valerie e Peter entreolharam-se confusos; em seguida, caíram em si horrorizados.

O quarto toque significava apenas uma coisa: *ataque do Lobo.*

Ela nunca ouvira o quarto sino, exceto quando ela e Peter o tocaram por conta própria.

Com aqueles sinos, Valerie sabia.

A vida nunca mais seria a mesma.

Segunda parte

8

Claude ficou parado sem fôlego nas escadas que levavam à taberna barulhenta, sabendo que não tinha permissão para entrar. Pela janela, viu enormes pilares sustentando velas do tamanho de toras. Observou as mesas, mantidas juntas por pinos de madeira, com suas superfícies marcadas por décadas de abuso de batidas de canecas. Também pôde enxergar a luz que se filtrava através dos frascos de vinho pendurados, que projetavam aros redondos e vermelhos nas mesas abaixo, vermelho-escuro.

Viu tudo isso, mas descobriu que não conseguia proferir uma única palavra. Apenas passou pela soleira e esperou.

A mãe de Claude e Roxanne, Marguerite, estava muito ocupada carregando duas bandejas em cada braço e se desviando de bêbados desordeiros. Parou por apenas um instante, ao passar pelo filho.

— Estou trabalhando! — Ela o deixou indeciso à porta, sentindo-se rejeitado.

O barulho da taberna era ensurdecedor. Não sabendo mais o que fazer, com medo que ninguém ouvisse, Claude gritou. Tinha o rosto de um homem muito mais velho, com vincos profundos que se estendiam das narinas até os cantos da boca. Sua pele era manchada, e as pessoas não gostavam disso, sentindo que era a marca visível de uma alma imperfeita. E ninguém estava interessado em ouvir.

Marguerite surgiu, agitada, em direção ao ruído.

— Como ousa? — ela perguntou cruelmente, cortando o silêncio.

Claude emudeceu, respirando pesadamente, sentindo um rubor vermelho surgir em seu rosto sardento. Vendo que ele não causaria mais problemas, Marguerite virou-se para entrar novamente.

Mas Claude puxou com força uma dobra de seu vestido.

— Criança maldita — murmurou.

A taberna silenciou. Ela ficou surpresa: ele havia sido muito violento. Ele permaneceu ali, paralisado, chocado com suas próprias ações, sentindo-se exposto.

Entretanto, alguém riu, rasgando o silêncio e incitando um festival de gargalhadas estridentes. Por trás de suas risadas, Claude sabia, estava o medo. Sua própria mãe suspeitava dele e o via como um forasteiro. Ela não entendia de onde ele havia vindo.

Perguntou-se se o Lobo teria medo dele da mesma forma que os outros aldeões tinham.

Agora, tanto ele quanto Marguerite estavam envergonhados. Afastou-se, tentando recuar.

O esforço o esgotara. Começou a sair, mas irrompeu de volta. O que ele queria dizer era "Lucie está largada no campo de trigo, foi maltratada até morrer."

Gaguejando, porém, tudo o que conseguiu dizer foi:

— L-L-Lobo.

Finalmente, eles escutaram.

Não demorou muito para que o sino começasse a soar.

O sino tocava mais alto, quatro badaladas de cada vez, à medida que Valerie se aproximava no encalço dos aldeões. Correu através dos campos, evitando os fardos de feno da véspera.

— Não acreditem no menino — alguém dizia.

— Claro que não. Nós todos sabemos muito bem que faz vinte anos, e que o Lobo nunca rompeu a paz. — outro sujeito gritou, acima do clamor, apressando-se pelos campos destruídos. — Provavelmente ele só viu um cão selvagem e ficou confuso.

As crianças puxavam os braços de suas mães, apressando-as. Elas queriam ver qual o motivo de toda aquela agitação. Temiam ter perdido algo, embora não tivessem certeza do quê.

Valerie corria à frente deles, antecipando seu destino. Alcançando o centro do campo, ela viu que alguns aldeões já estavam lá, divididos em grupos. Ao olhar para ela, aquietaram-se e detiveram-se, respeitosamente. Podia-se ouvir uma mulher na parte de trás da multidão, tentando conter o soluço de choro. Valerie não conseguia ver nada em meio ao aglomerado de capas estampadas cinzas e marrons, mas encontrou Roxanne, Prudence e Rose juntas em um abraço, cada qual amparando as outras duas.

— Quem é? — ela quis saber.

Elas se viraram para Valerie sem desmanchar o abraço.

Ninguém conseguia dizer nada.

A multidão se afastou para que Valerie pudesse ver sua mãe e seu pai em pé sozinhos, com os rostos horrorizados. Soube antes mesmo de Roxanne sussurrar para ela.

— Sua irmã.

Ela correu e caiu diante do corpo inanimado de Lucie, agarrando desesperadamente pedaços de feno. Ainda não tinha coragem de tocar a sua irmã.

Lucie estava com o seu melhor vestido, mas o tecido estava rasgado e mal servia para prender seu corpo. Seu cabelo, uma trança formal de quatro mechas, tecida com tanto cuidado na noite anterior, havia se soltado em mechas embaraçadas.

A coroa de ervas ainda estava presa ao seu cabelo. Valerie despiu-se de seu próprio xale e cobriu Lucie. Então, ergueu a mão da irmã para seu rosto e sentiu alguns fragmentos de papel na palma fria, entregando-lhe um segredo final. Pareciam os restos de um recado, mas era impossível decifrar a escrita. Valerie enfiou os pedaços no bolso.

A mão estava úmida de orvalho e viscosa com o sangue coagulado. Finalmente cedeu à expressão do luto, permitindo que ele a enterrasse como uma camada de neve, de modo que tudo parecesse abafado e distante.

Logo Valerie sentiu mãos anônimas interferindo na sua presença diante da irmã morta. Não podia largá-la, pois não sabia se sua irmã já havia deixado o corpo; não tinha certeza da velocidade em que a partida acontecia. Teve de ser levada à força do lugar, com seus joelhos manchados de marrom da terra, sangue e solo invernal, e as lágrimas escorrendo pelo seu rosto.

Enquanto era afastada, a primeira neve da estação começou a cair.

O inverno chegara cedo.

9

Dentro de uma hora, a casa estava tão cheia de aldeões que não havia mais ar para respirar. Valerie se sentia vazia por dentro.

A família sofria separadamente, atordoada. Era como se o mundo todo fosse diferente, apesar de sua circunstância ser, inacreditavelmente, a mesma. Com exceção de um deles ter partido, tudo mais estava como sempre fora. Uma corda esticada cruzava a sala, curvando-se sob o peso da roupa lavada da família. Os biscoitos descansavam na prateleira. Tudo estava como haviam deixado.

Suzette tomara a posição ao lado da porta, olhando para fora porque não conseguia suportar o que havia dentro. O brilho da neve que apenas começara a cair se assemelhava a vidro. Valerie se perguntou se sua mãe estava decepcionada com o que lhe restara, agora que a mais bonita, a mais amorosa e a mais obediente de suas filhas se fora.

Do outro lado da sala, Cesaire tombou a cabeça para trás, tomando um gole de seu frasco. Parecia atormentado e estoico, recusando consolo mesmo de Suzette. Valerie desejava que ele fosse menos duro consigo. Era como se ele se sentisse responsável pela morte de Lucie por não ter protegido a filha.

As pessoas no velório circulavam sem rumo, em estado de choque. Eram gentis em sua solidariedade, dizendo aquelas coisas vazias que todas as pessoas dizem para as famílias enlutadas.

— Ela está num lugar melhor agora.

— Que bom que você tem Valerie.

— Você ainda pode ter outro...

Claude e as meninas vestiam o corpo de Lucie, lavando-a com ternura, seu rosto, suas mãos, mas se sentiam mal ao levantar seus membros tão pesados. Enfaixar Lucie, sentir seu corpo e torná-lo belo com flores parecia obsceno.

Valerie estava ao lado deles, mas não se movia nem falava. Seus amigos queriam apoiá-la, mas não sabiam como. Quase temendo a intensidade rígida de seu sofrimento, deixaram-na sozinha.

Os aldeões sentiam que deveriam estar falando de Lucie, mas dizer o quê? Pensavam nela, e talvez isso fosse o suficiente. Eles se sentavam nos cantos, conversando em sussurros culpados, incapazes de se concentrarem completamente no luto, pois estavam aflitos com a noite que viria. A lua de sangue subiria uma segunda vez naquela noite; nisto os anciãos conseguiam concordar. Os homens olhavam para suas próprias filhas e se perguntavam quem seria a próxima.

— P-p-por que é que o Lobo nos odeia? — Claude perguntou finalmente. Pela primeira vez, as pessoas silenciaram enquanto ele falava.

Uma pergunta simples. E, no entanto, ninguém sabia responder.

Roxanne tossiu, o barulhinho educado encheu a sala.

Uma batida na porta desfez a tensão.

— São os Lazar! — Valerie ouviu vagamente sua mãe dizer. Todas as outras meninas observaram quando as três gerações da família entraram: a senhora Lazar; seu filho, Adrien, o viúvo; e o filho dele, Henry. Rose lançou um amplo sorriso para o mais novo, mas ele buscou apenas Valerie. Quando os olhos dela nem sequer pestanejaram em sua direção e ela se afastou dele, ele se curvou respeitosamente e não tentou se aproximar dela.

Ele sabia que Valerie gostava de guardar as coisas para si mesma.

Ao perceber Henry lá e o desagrado de sua mãe em relação à forma como ela o tratara, Valerie queria ter mágoa dele, mas descobriu que não conseguia. No entanto, ela sabia que em meio à afeição dele por ela estava o problema da piedade. Olhou para seu pai, que assentiu com a cabeça, antes de se recolher para a cama do sótão que havia compartilhado com Lucie.

Tocou gentilmente as flores de milho que Lucie, amante da beleza, pendurara para decorar o seu lado da cama. A dor fez Valerie sentir como se sua pele estivesse retesada até ficar fina demais, como se não conseguisse ar suficiente e seus pulmões tivessem ficado rasos.

A senhora Lazar ergueu a mão para acariciar seu cabelo grisalho enquanto avaliava a cabana com uma máscara de desaprovação. Ela era uma mulher idosa que havia esquecido como agir em meio a um grupo de pessoas — ao que ninguém dava importância, porque seu olhar penetrante deixava a maioria das pessoas constrangida. Eles também não gostavam de seu cheiro de amido e de alho.

— Sinto muito pela sua perda — falou a Suzette, pesarosa e atordoada.

Adrien se seguiu a ela, movimentando-se para apertar a mão de Cesaire. Adrien ainda era bonito e vigoroso, com seu rosto alinhado àquela maneira máscula.

— Lucie foi uma boa menina — ele disse.

O uso do pretérito foi um choque. Cesaire não estava preparado para isso. Ele tinha o hábito de bochechar a bebida na boca quando não gostava de alguma coisa. Suzette sacudiu a cabeça do outro lado da sala, e Cesaire entendeu o que significava.

— Largue o seu copo.

Claude, querendo incluí-la ou então dando uma de moleque, executou seu truque do desaparecimento e reaparecimento de cartas de tarô atrás da orelha da senhora Lazar. Ela abanou a mão para dispensá-lo.

Uma carta foi lançada para fora.

Tentando uma tática diferente, ela segurou sua xícara de chá no alto e tentou fingir que ele não existia.

Valerie afastou-se da cena que se passava abaixo de sua cama; sentia o cheiro de Lucie, o cheiro de aveia, de leite quente, de alguém em quem podia confiar. Sabia que o perfume desapareceria, que até isso ela perderia. Puxou um nó de madeira, que revelou um esconderijo secreto cavado no teto, e retirou um raminho de lavanda envolto em veludo.

Valerie se lembrou de quando sua mãe costumava levar Lucie e ela para longas caminhadas. Elas passavam pelo campo de grãos, onde os talos finos balançavam ao ritmo rápido do vento. As três chegavam então a uma clareira que fulgurava com a lavanda. As meninas juntavam as flores e Lucie carregava-as na saia, até os dedos ficarem esfolados, e se elas tivessem de ir chorando até a mãe, Suzette nunca se esquecia de levar a pomada.

Afastada da cena, Valerie olhou de novo para o cômodo principal da casa. Sentiu-se confortável em sua posição habitual de observadora, lá em cima, isolada. As vozes moviam-se com fluidez dentro e fora de foco. Os rostos iam e vinham. Olhou para as pessoas, achando difícil acreditar que fossem reais. Os aldeões falavam uns com os outros, mas ninguém dizia nada. Valerie imergiu no zumbido, deixando a maré de vozes encobri-la.

O corpo da irmã, lá embaixo, estava imóvel como uma peça de mobília. Todas as pessoas fizeram a visita obrigatória, andando para cá e para lá ao redor dele, sentindo que deviam olhar para o corpo, mas sentindo-se como *voyeurs* quando o faziam, então tentavam se afastar o mais rápido possível.

Suzette estava sentada em um banquinho perto do fogo. Valerie viu-a olhando para Henry por um longo tempo. Sua mãe ficava nervosa perto dele; parecia até que o queria mais para si que para Valerie.

Valerie deitou-se de lado, e o sono a varreu como uma onda, manteve-a flutuando e a arrebatou.

Ela acordou, lembrando-se de uma vez, há muito tempo, em que Lucie voltava para casa por volta do anoitecer. Valerie havia fingido ser o Lobo, esgueirando-se por trás dela, rosnando e em seguida atacando. O que para seus pais era uma questão de vida ou morte fora apenas um jogo para as duas meninas. Embora tenha consolado a irmã que chorava, Valerie percebeu então que havia algo de destrutivo e até mesmo predatório dentro de si. No entanto, depois de presenciar o sacrifício de Flora nunca assustou sua irmã novamente.

Torturou-se com essa lembrança por algum tempo, abrindo a ferida como se apertasse a pele após uma raspagem, para fazer o sangue fluir mais rapidamente. Valerie espiou pela beirada do sótão. Os Lazar ainda permaneciam, e seus amigos cochilavam em banquetas, seus cabelos vermelhos, pretos e marrons sacudindo no sono. Ela viu a mãe sentada sozinha à mesa, olhando para cima timidamente, banhada pela luz fantasmagórica de uma única vela. Vendo a filha acordada, Suzette foi até o sótão.

— Há boas notícias em meio a esse momento difícil, Valerie — ela falou, subindo a escada para ficar no nível dela.

— Já me disseram que devo me casar com Henry Lazar. Apenas me diga se é verdade. — Valerie sussurrou de volta.

Surpresa, Suzette recuperou sua compostura.

— É verdade, Valerie — respondeu com a voz fingida, rodando sua aliança entre seu polegar e os dois primeiros dedos, com um tom de alegria. — Sim, é verdade.

Valerie sentiu a vida sendo arrancada dela. Neste momento repleto de tristeza, percebeu como seus sentimentos por Peter, de quem ela havia se perdido na confusão do dia, eram fortes. Ansiava por ele, mas sentia-se culpada por pensar dessa forma, dadas as circunstâncias.

— Mãe, parece errado falar nesse assunto agora.

— Você está certa — Suzette admitiu tristemente. — Agora não é hora. Haverá tempo para tudo isso mais tarde.

Ela acariciou o cabelo de Valerie. O tom da voz de Suzette era, de alguma forma, tanto enervante quanto reconfortante.

— Mas é verdade que agora Henry é seu noivo — acrescentou. — Você deve permitir que ele lhe ofereça suas condolências.

Olhou para Henry lá embaixo, vendo a preocupação marcar seu rosto gentil e belo.

— Eu mal o conheço.

— Você vai conhecê-lo. O casamento é assim.

Valerie não iria. Ela não podia.

— Agora não, mãe.

Suzette tomou a decisão de insistir um pouco mais.

— Você deveria saber de uma coisa... Eu não amava o seu pai quando nos casamos. Estava apaixonada por outra pessoa.

Valerie encarou a mãe em toda a sua complexidade.

— A mãe dele não permitiu que nós ficássemos juntos. Mas aprendi a amar seu pai. E ele me deu duas filhas lindas. Agora vá até lá, por favor.

— Eu disse que não — Valerie afirmou rispidamente, engolindo as perguntas não emitidas.

Suzette conhecia esse lado do caráter de sua filha e sabia que era melhor não discutir. Ela se retirou pela escada, compondo um rosto sereno, como Valerie nunca havia sido capaz de fazer.

Henry, por sua vez, havia presenciado a cena tensa. Virou-se para Cesaire.

— Venha conosco para a taberna. — Colocou uma mão firme no ombro do homem mais velho. — Vamos deixar que as mulheres sofram à sua própria maneira. — falou ele com a sua graça característica.

Cesaire concordou, feliz por sair. Adrien também parecia agradecido por uma fuga da atmosfera opressiva da casa. Embora sempre gentil, nunca havia sido um homem particularmente aberto em relação às suas emoções. Valerie sabia que ele sempre fora bom para Lucie e que a morte dela devia ter trazido à tona as lembranças do falecimento da esposa. Não deveria ser fácil para ele.

Henry deu um aceno gentil na direção do quarto de dormir, enquanto ajustava seu longo casaco de couro, antes de seguir o pai para fora da casa.

— Não consigo acreditar que ela se foi.

Valerie finalmente desceu a escada até onde o corpo de Lucie jazia. Não havia mais lágrimas, apenas um enorme vazio.

Suzette arrumou a comida que havia sido trazida, cada prato cutucado por uma faca ou duas; ninguém estava com fome agora. As outras garotas ainda estavam sentadas ao redor de Valerie, mas não falavam muito. Como necessitavam de algo, qualquer coisa para fazer, tocaram o que estava por perto. Isso impedia-as de se sentirem inúteis.

Roxanne passava os dedos tristemente nos longos vestidos de lã de Lucie. Prudence cobiçava secretamente o manto de pele de carneiro da falecida e acariciava o velocino de forma possessiva, na esperança de que alguém pudesse, de repente, oferecê-lo a ela.

— Como é que ninguém viu nada na noite passada? — A senhora Lazar piscou, quebrando o silêncio. Virou-se para Valerie. — Você não estava com ela?

Valerie começou a amarrar fitas no cabelo da irmã e não respondeu. Pensou nos pedaços de papel que encontrara nas mãos de Lucie, mas os pedaços não se encaixavam, e o orvalho havia dissolvido qualquer recado que estivesse sido escrito lá. Devia ser uma mensagem, mas o que dizia? Era um convite para ir ao campo? De quem?

O mundo girava em torno de si, e ela não conseguia se concentrar no rosto da senhora Lazar — o mundo todo passava adiante dela como rodas de carroça girando.

— A fera a atraiu — Suzette, perturbada, se precipitou, desconfortável com o assunto.

— Ela estava com você. — Roxanne se virou para Prudence. — Eu sei que a vi no seu barco.

— Ela *estava* em meu barco, e depois disse que ia encontrar você.

— Só não entendo por que ela disse isso. Não é verdade. — Roxanne sacudiu a cabeça.

— Talvez ela tenha ido encontrar algum rapaz — Prudence sugeriu, com a voz cheia de veneno.

— Minha filha não tinha nenhum interesse em rapazes — Suzette falou rapidamente.

— Ela sentia muita atração pelo meu neto — a senhora Lazar anunciou. Tinha um jeito de falar que era muito convincente e fazia suas palavras penetrarem na mente. — Ela costumava vir em casa e segui-lo por aí como um cachorrinho. Se ela tivesse acabado de descobrir que Henry estava noivo da sua irmã...

As meninas gelaram, e então se entreolharam para ver se alguém sabia desse grande segredo. Valerie baixou o olhar para seu colo e sacudiu a cabeça. Desejou que ela mesma pudesse ter contado a suas amigas. Sabia que todas elas sonhavam em estar nos braços de Henry.

Rose irritou-se por um momento, mas deu de ombros, pensando, "os olhos de Henry ainda podem circular por aí". Prudence olhou com raiva, mas sabia que não poderia dizer nada ali. Roxanne voltou seus pensamentos novamente para Lucie – ela sabia que Henry nunca fora destinado para ela.

— Deve ter partido o coração de Lucie — Roxanne finalmente disse num sussurro distraído.

— Talvez ela tenha *preferido* morrer em vez de viver sem Henry — Rose acrescentou de forma sonhadora. — Ela saiu para procurar o Lobo.

— Não — Suzette emendou séria. — Isso é impensável.

— Ela nunca me contou como se sentia — Valerie pensou em voz alta, sentindo a traição em suas entranhas. Como havia sido tão cega? Sua irmã amava Henry em silêncio. "Será que ela sabia sobre o noivado? Será que ela ouvira o que nossos pais planejavam?" Valerie supôs que era possível, mas parecia improvável, já que elas estavam sempre juntas. "Será que isso a teria desiludido?"

— Não se preocupe, pobre criança — disse a senhora Lazar, parecendo quase desinteressada do assunto da morte de Lucie. — Sei que você está preocupada com a sua irmã, mas Henry sempre teve olhos para você. Você é, e sempre foi, a mais bonita. — Ela estendeu a mão para acariciar o rosto de Valerie, movendo-se como uma aranha.

Suzette estava pensando que era melhor que os visitantes começassem a ir embora, mas ao ouvir passos subindo a escada, ainda abriu a porta, antecipou-se para a varanda e fechou a porta atrás de si, para evitar a neve. Entretanto, quando viu a cabeça de cabelos escuros entrar em seu campo de visão, desejou que não o tivesse feito. Ela o reconheceu, mesmo após todos aqueles anos.

— Para Lucie — Peter disse baixinho, com a chama de uma vela santa dourada tremulando na mão.

— Saia.

Peter havia previsto esta reação e estava preparado. Ele limpou a garganta.

— Estou dando meus pêsames — insistiu, ainda tentando ser educado. A mulher estava de luto por sua filha.

— Posso adivinhar por que você está aqui. Acabei de perder uma filha — ela disse, com a mão na porta. — Não vou perder a outra.

— Espere.

— Ela é tudo que me restou — ela prosseguiu. — E você não tem nada a oferecer a ela.

Peter sabia que ela estava certa; Valerie merecia coisa melhor. Mas não poderia desistir dela.

— Tenho profissão. A mesma profissão do seu marido.

— Sei exatamente quanto um lenhador ganha.

Peter começou a protestar, mas Suzette o deteve.

— Henry Lazar é a única esperança de uma vida melhor.

Peter viu os olhos angustiados de Suzette; suas palavras o atingiam em algum lugar profundo. Então se deu conta: *ele não poderia dar uma boa vida a Valerie.*

— Se realmente a ama — Suzette continuou, com a voz embargada —, você vai deixá-la em paz.

Encararam-se, os olhos faiscando com emoções conflitantes. Peter tomou a iniciativa primeiro, afastando-se, irritado pela dispensa e consigo mesmo por ser tão compreensivo.

Ela entrou e fechou a porta, apoiando nela as costas. Diria para as pessoas na sala que havia sido apenas um trabalhador dando suas condolências.

Descendo a escada, Peter percebeu que, disfarçado e por trás da agonia, havia algo sobre o desapego que o fazia sentir-se bem.

Ele era uma pessoa com convicção, que acreditava no valor das coisas e o mantinha como sagrado.

Só que antes nada tivera tanto valor assim para ele.

10

Peter andou pela aldeia tranquila, silenciada pela queda de neve e com a tristeza ainda pairando no ar. Os homens estavam na taberna, e as mulheres ainda de luto em casa. A aldeia estava até mesmo bela, unificada em sua ampla serenidade.

Entrando pela porta de trás da taberna, viu que um candelabro cheio fazia pingar cera no mesmo canto em que havia pingado por anos, coletando-a em um imponente castelo no chão. Ninguém se preocupava em limpá-lo, muito menos Marguerite, que já tinha, como sempre, trabalho suficiente nas mãos.

Vendo os barris com bandas de metal enferrujado, lembrou-se de uma longa tarde em que passara dentro de um barril vazio com Valerie. Perguntou-se se ela também se lembrava daquilo.

Enquanto deslizava ao longo da parede do fundo, Peter ouviu o Father Auguste dizendo:

— Convoquei ajuda.

O padre local era alto e ansioso. Como um caule de margarida, era ereto e determinado, embora, ao mesmo tempo, frágil e esguio.

O Bailio olhou para o padre e esperou para ouvir mais, mordiscando uma cebola que descascava com os dentes.

— De alguém mais próximo a Deus — o santo homem continuou. Father Auguste usava, em uma corrente, uma ampola simples que continha água benta e o protegia do mal. Ele a segurou em suas mãos como se ela o deixasse mais próximo de seu ídolo.

— Father Solomon.

O salão silenciou. *Father Solomon.* Ele era lendário: padre e renomado caçador de lobisomens, havia destruído feras por todo o reino. Era criativo, corajoso e esperto; nada o detinha na erradicação do mal. Comerciantes ambulantes diziam que ele viajava com um pequeno exército de guerreiros vindos da Espanha, norte da África e Extremo Oriente.

— Quem lhe deu autoridade para fazer isso? — O Bailio se pôs diante dele.

— Deus, a autoridade máxima.

— Você pode traçar planos para a próxima vida — resmungou o Bailio, enrolando as mangas —, mas eu traço para esta aqui.

— Mas o Senhor...

Adrien empurrou sua cadeira para trás e se levantou.

— Este é um problema da aldeia — disse de forma decisiva. — Vamos resolvê-lo sozinhos.

O Bailio mastigava sua cebola, assentindo.

Cesaire soprou um assobio leve, como se estivesse esfriando o céu da boca após beber algo muito quente. Os aldeões se voltaram para ele. Sua própria filha fora morta. Ele assentiu com a cabeça, aprovando as palavras de Adrien.

— O Father Solomon nos privaria da nossa vingança. — Cesaire completou.

— Ela era a sua filha, mas... — Father Auguste olhou para Cesaire, suplicante.

— Estamos aqui — Adrien insistiu — para corrigir um erro. Hoje, devemos permanecer unidos para dizer que vamos lutar não só para vingar o nosso passado, mas também para *renovar o nosso futuro*. Para mostrar à fera que nos recusamos a viver com medo.

Ele andou com passos largos para trás do bar vazio e descansou seu peso contra o balcão.

— Talvez o Father Auguste esteja certo — disse Henry pensativamente, levantando de um banco. — Talvez devêssemos esperar.

Do fundo da taberna, Peter conteve uma explosão de riso. Henry agarrou a borda da mesa.

Adrien voltou-se para ele com um olhar fulminante.

— Talvez, meu filho — Adrien disse calmamente — você devesse encontrar a sua coragem.

Henry suspirou aflito.

— Você quer caçar o Lobo? — Estreitou os olhos, desdenhoso. — Tudo bem, então; vamos caçá-lo.

O Bailio, grande e forte, com mãos do tamanho de panelas de ferro, bateu a caneca sobre a mesa de forma agressiva.

— Deixamos isso ir longe demais. Estamos aqui para conquistar nossa liberdade de volta! — gritou, reunindo os homens. Puxou o punhal de prata da cintura da calça e o cravou na mesa.

Os homens sacudiram os punhos no ar em aprovação.

— Vamos matar aquele *maldito* Lobo! — gritou.

— Vou beber a isso — Cesaire falou, virando o que restava em sua caneca. Era início da noite agora, e o grupo percebeu que era melhor começar logo com aquilo. Eles começaram a se pôr para fora da porta, preparando-se para a caçada.

Father Auguste vacilou.

— Esperem! Devemos *esperar* o Father Solomon!

Entretanto, sua voz histérica se perdeu no coro de vozes graves e batidas de canecas.

Cesaire parou para reabastecer seu copo e, na saída, despejou todo seu conteúdo sobre a cabeça de Father Auguste, colocando um fim aos seus protestos.

Os homens saíram apressados da taberna para a luz cinzenta. Faziam barulho ao esmagarem a neve recente, jogavam seus chapéus para o ar e rodavam suas jaquetas sobre as cabeças. Sentiam-se maiores do que eram, tomados por um objetivo.

Suas esposas ouviram o clamor e correram atrás deles, voltando para pegar pacotes de alimentos e cachecóis quentes. A neve ficava mais pesada, trazendo o inverno pleno mais cedo que o habitual.

"Serei eu", cada homem pensava. "Eu vou conseguir". Mal viram suas mulheres ou os filhos e fizeram questão de não notar seus rostos preocupados.

Atraída para fora pelo barulho, Valerie procurou Peter. Estava com raiva por ele não ter ido à cabana para consolá-la, mas ela não o deixaria partir sem dizer adeus.

Logo o encontrou no meio da multidão pelos seus cabelos escuros e o casaco preto que se destacavam contra a neve branca. As palavras de sua mãe ecoaram em sua mente. Perguntou-se se seria errado casar por amor uma vez que isso não havia acontecido com a mãe: ela experimentaria um amor maior que o amor que sua mãe jamais tivera.

Vendo-a, Peter entrou sorrateiramente em um galpão. Era difícil dizer se seu rosto havia obscurecido quando ele a viu, ou se era apenas a luz escassa. Deixando seus pensamentos de lado, Valerie desceu e o seguiu até a imundície repleta de teias de aranha.

— Tenha cuidado — falou, estendendo sua mão para a dele. — Acabei de perder minha irmã. Não posso te perder também.

Ela o sentiu recuar. Sua mão pairou no ar e depois caiu, com as pontas dos dedos formigando de desejo.

Peter olhou para ela, também desejando tocá-la, mas tentando ser forte.

— Eu sei. Mas, Valerie, tudo isso está errado.

— O quê?

— Não podemos fazer isso.

Valerie não entendeu. Tudo que ela via era o rosto torturado de Peter. "Vou salvá-lo", pensou.

— Você tem de passar por isso. Você tem de se casar com Henry. — ele continuou.

Confusa, ela sacudiu a cabeça como se tivesse provado algo amargo.

— Mas eu quero ficar com *você*. — Ela se sentiu uma idiota ao dizer isso, mas fora sincera — não poderia perdê-lo também.

— Sua irmã acabou de morrer...

— Não. Não, como você se atreve a usar isso! — Peter não tinha sequer se preocupado em oferecer suas condolências. E agora ele estava tentando usar a morte de Lucie como argumento.

— Valerie. Não transforme isso em algo que não é para ser — prosseguiu, endurecendo-se para ela. — Foi o que foi. Nada mais — disse, suavemente, com precisão.

Valerie deu um passo para trás diante da aspereza das palavras.

— Você não acredita nisso — insistiu, sacudindo a cabeça.

Mas ele estava inflexível, e seu rosto intransigente e austero. Ele se recusou a olhar para ela, mas tocou uma mecha de seus longos cabelos loiros com um dedo, sem conseguir se conter.

Sentindo um aperto de raiva em sua garganta, ela o empurrou bruscamente e correu de volta para a multidão. Caminhou até sua casa, mas seu corpo parecia morto dentro de suas roupas.

— Valerie, eu estava procurando você.

Era Henry Lazar. Ela encontrou seus olhos castanhos com relutância, notando o contraste entre ele e Peter. Os olhos de Henry estavam abertos, oferecidos, sem esconder nada... ou talvez não houvesse nada por trás deles.

Ela olhou para trás e não viu nenhum sinal de Peter. Ela tentou disfarçar seus sentimentos de mágoa.

— Fiz uma coisa para você.

Henry pôde sentir que a mente dela estava em outro lugar, mas insistiu.

— Desculpe-me, sei que é o momento errado. O que você anda passando... Eu deveria ter esperado... — Olhou por cima dos ombros dela e viu Peter se fundindo com a multidão. — Mas, caso eu não volte, queria que você ficasse com isto.

Valerie estava determinada a não amar Henry, a nem mesmo gostar dele. Seu charme e sua lealdade doce nunca poderiam dominá-la agora.

Mas ele colocou a mão no bolso e pegou um bracelete fino de cobre. Era simples e elegante, forjado com pequenas fissuras e cristas delicadas.

— Meu pai me ensinou a fazer isso e a torná-lo perfeito para um dia eu dar à mulher que amo.

Apesar de tudo, Valerie se emocionou. Era algo oferecido em meio a tudo tomado.

— Você será feliz novamente — ele insistiu, com um ar ligeiramente maduro, apertando o bracelete ao redor de seu pulso. — Eu prometo. — Valerie se sentiu consolada de um modo estranho.

Adrien se aproximou, colocou a mão sobre o ombro de Henry e o chamou para o grupo desordenado de homens que marchavam para fora da aldeia. Henry apertou a mão dela e depois aprumou-se para se juntar à multidão.

Valerie ficou com as outras mulheres, observando os homens partirem. Não pôde deixar de se indignar com essa divisão dos sexos. Seus dedos coçavam para também empunhar uma arma, para *fazer* alguma coisa, para *matar* algo com sua ira.

Localizou seu pai caminhando decidido, silenciosamente, no fim do grupo, afundado nas profundezas de seu casaco pesado. Ela correu até ele. Seus olhos estavam quebrantados, como algo estilhaçado.

— Eu vou com você — disse-lhe ela, tentando manter a compaixão longe de sua voz.

— Não.

— Mas ela era minha irmã!

— Não, Valerie. — Ele prendeu seu machado sobre o ombro. — Isto não é para mulheres.

— Você *sabe* que sou mais corajosa que a maioria desses homens. Eu posso...

Suas palavras foram cortadas pela surpresa com que ela sentiu a mão dele agarrar seu braço. Ela não sentia a força dele desde que era garotinha, contemplando-o em sua suprema altura paternal.

— Eu cuido disso — ele falou, com seus olhos selvagens. — Você não pode ir. Você é tudo que me resta. Entendeu?

Nesse momento, ela viu seu pai e o admirou novamente. Ele havia voltado com toda a sua força. E a sensação era boa, correta e segura.

Assentiu com a cabeça.

— Bom.

Ele afrouxou o aperto.

Então, como se observasse uma vela morrer, ela viu o poder paternal o abandonar, e o homem triste que foi deixado para trás encolheu os ombros e sorriu o sorriso que há anos dizia "Sim, eu sou uma piada, mas pelo menos eu sei disso".

— Se eu não voltar, você, minha filha, vai herdar o meu penico — brincou.

Ela não conseguiu rir, e o viu desaparecer no grupo.

"Ele não consegue sequer brandir seu machado para fender uma árvore", ela pensou. "Como vai enfrentar um monstro voraz?"

Valerie retornou à casa, pensando na bebida de sálvia que havia deixado em seu bornal.

Quando todas as mulheres voltaram para suas casas, e sua mãe estava no meio do sono — graças a uma dose de chá da Avó — Valerie fez o que tinha de fazer. Jogou sobre si sua capa cinza com o fundo desgastado, cheia de bolinhas e gola de couro puída.

Ela sabia para onde eles estavam indo: o local onde o Lobo fizera seu covil. Havia visto ossos no caminho para o monte Grimmoor e no bosque Black Raven. Seguindo o último dos homens através da aldeia solitária, esquivou-se por becos mal-iluminados para evitar que a vissem.

Ela ouvia e observava quando tomava um caminho alternativo, vendo o que os homens faziam quando estavam reunidos como um bando de animais selvagens.

Claude, carregando uma forquilha e uma faca de cozinha, apareceu em um traje de guerra que havia improvisado, feito de velhas panelas e frigideiras.

— E-e-eu estou indo — ele disse com sinceridade. Enquanto falava, suas mãos se lançavam para os lados como pássaros volúveis.

— Não é permitido monstros! — um dos homens gritou. O grupo riu, empurrando Claude para longe. Valerie desejava poder ir até ele e ficou satisfeita quando viu Roxanne vir correndo para conduzi-lo de volta à casa. Valerie sentiu pena de Claude, mas concordava que ele devia ser mantido na segurança de seu lar.

Ela observou Cesaire alcançar Adrien na frente do grupo. Parecia imponente e zangado, com suas botas se arrastando pelo chão nevado enquanto ele se movia adiante com bravura.

— Quer um gole? — Quando ele ofereceu seu frasco, algumas gotas espirraram para fora do gargalo sem tampa.

Adrien ergueu uma mão em recusa. Cesaire deu de ombros e tomou um longo gole.

— Obrigado por defender a minha Lucie — disse Cesaire.

— Nós seremos uma família em breve — Adrien assentiu. — Você teria feito o mesmo.

Valerie nunca vira os dois tão companheiros. Quem poderia acreditar que o homem mais rico da aldeia e o bêbado do vilarejo poderiam ter algo em comum? Supôs que mesmo um bêbado poderia ter algo que um homem rico desejava: um pedaço de propriedade para acrescentar ao tesouro da família. O rosto de Valerie corou quando tomou consciência do fato: "Eu sou apenas uma mercadoria a ser negociada".

Os olhos de Valerie dispararam, seguindo um coelho branco quase invisível contra a neve. Notou o lampejo de um par de olhos negros brilhantes. Agora, porém, não era hora para distrações.

Ela viu que Peter e Henry caminhavam mal-humorados ao longo de cada beira do caminho em uma disputa muda; nenhum estava disposto a ficar para trás.

Agiam cautelosamente, um curioso em relação ao outro, mas só se atreviam a espiar um quando tinham certeza de que os olhos do outro poderiam ser evitados.

Andando rapidamente para se manter o passo com eles e pisando de leve para evitar fazer barulho, Valerie olhou para a lua carmesim protuberante, grávida, anunciada no céu noturno.

Ela não conseguiria suportar perder mais ninguém hoje à noite.

11

Percebendo a multidão negra de corvos alçar voo, partindo do solo branco e cintilante da floresta, a Avó soube que os homens estavam vindo. Foi para o alpendre esperar.

Logo eles estavam lá. Olharam para ela como se fosse uma deusa assustadora, com as chamas de suas tochas ondulando no ar enquanto eles se movimentavam ou ficavam parados, esperando por um vislumbre da Avó. Ela era um ser lendário, eterno, bela e jovem para sua idade embora tivesse envelhecido alguns anos, de tristeza, nos últimos tempos. Seus cabelos estavam presos em tranças por cordões cinzentos, e o rosto, molhado de lágrimas, não mostrava nenhuma ruga. Não era de admirar que as pessoas a acusassem de bruxaria. Ela desceu, trazendo uma vela para iluminar seus passos.

— Filho, eu soube de nossa Lucie — ela falou para Cesaire, abraçando-o. Não explicou como. — Prometa-me que será cuidadoso, meu rapaz. — Ela lhe entregou o pacote que havia preparado.

— Não se preocupe. O Lobo não vai se interessar por mim — ele respondeu, sorrindo através da sua dor. — Sou pura cartilagem.

A Avó subiu as escadas, com o coração pesado. Da varanda, observou a movimentação do grupo quando um dos homens, o último da fila, se desviou e começou a subir na direção dela. A Avó pôde sentir o ranger da madeira conforme o vulto punha seu peso a cada passo. Movia-se rapidamente, cada vez mais para cima. Estremeceu quando o visitante não convidado subiu ao alpendre.

Aproximando-se silenciosamente dela, o vulto jogou para trás o capuz de sua capa e...

Era Valerie.

Ela sacudiu a cabeça, liberando sua tensão numa risada.

— Querida, minha querida, o que você está fazendo?

— Por que eu não devo ir com eles? Ela era minha irmã! — Valerie franziu o cenho.

A Avó suspirou e a tomou nos braços.

— Você já está congelada com esta capinha fina. Acho que você não vai conseguir.

— Bem, não, acho que não — Valerie respondeu, tremendo quando a Avó a guiou para dentro com um ruído de seus talismãs e amuletos.

Ela se animou por estar lá, na casa da árvore selvagem da Avó. Os galhos cresciam através do telhado, e dentes-de-leão invernais irrompiam pelo assoalho; havia algum tipo de ninho em cada canto. A casa estava repleta de coisas curiosas; ela deixou os olhos vaguearem por seu pequeno interior. Conchas de moluscos que eram como orelhas gigantes, uma almofada de alfinetes incrustada com madrepérola, um copo de chifre, inhames secos, uma garra de abutre. As bainhas desfiadas de tapeçarias empoeiradas, com desenhos de pavão em rosas e azuis desbotados, roçavam contra intermináveis fileiras de garrafas fechadas, de forma descuidada, com rolhas tortas. Uma chaleira enorme com chá tremia no fogão.

Valerie amava o estilo de vida da Avó, embora ela fosse assunto do folclore local e ridicularizada pelos aldeões. Mesmo que o preço pago pela Avó fosse o fato de alguns a culparem pela presença do Lobo na aldeia.

— Você vai precisar do seu sono. — A Avó entregou a Valerie uma xícara fumegante de sua poção de sálvia.

Ela ignorou o chá e se pôs à janela, vendo os homens seguindo seu caminho através da floresta escura. Encarou o rochedo e viu o vento frio passando pelas árvores, úmido com a neve, e soprando tempestuosamente como uma criança assoprando velas de aniversário. Ele alongou as tochas dos homens quando o último deles se apressou até a rocha íngreme e desapareceu dentro da caverna. Uma das tochas pertencia a seu pai, outra ao homem que amava e outra ao homem que ela poderia ter. Todos foram reduzidos a pontos de luz brilhando ao longe. Sentindo o estômago revirar, Valerie se afastou da janela.

Quem vai voltar? Será que algum deles vai voltar? Outra rajada repentina de vento a enervou. Assustada, sentiu a facilidade com que o vento estremecia os alicerces da casa da árvore, o tronco grosso e seus galhos pesados.

Tudo estava certo.

Lucie partira.

Valerie podia sentir a ausência da beleza. Sabia que Lucie estava além dos limites do seu sótão, da aldeia, das terras e do mundo. Que ela, agora, estava em outro lugar, um não lugar.

— Sou a irmã dela. Eu deveria ter ficado com ela — Valerie explodiu, afundando-se no sofá.

— Você não pode se culpar — falou a Avó, servindo uma tigela de guisado. Esta se inclinou para salpicar algumas ervas amargas amassadas sobre a tigela. Elas tinham gosto de algo que não deveria ser comido.

— Claro, como minha própria Avó costumava dizer, "Todos os sofrimentos ficam..."

— "... menores com pão" — completou Valerie a metade da frase que ela conhecia tão bem.

A Avó tentou sorrir debilmente. Ela não se incomodou.

— Ainda está com frio?

Valerie percebeu que estava.

Sem dizer nada, a Avó saiu da sala. Valerie observou os galhos carregados de neve varridos pelo vento, oscilando, desenhando um oito. A Avó veio por trás dela e colocou algo sobre seus ombros.

— Que tal?

Ela olhou para baixo. Era uma bela capa, de um vermelho vivo.

— Vovó... — Valerie nunca vira nada parecido. Era o vermelho de lugares distantes, de fantasias; um vermelho do além-mar, um vermelho que Daggorhorn nunca vira, um vermelho que não pertencia àquele lugar.

— Fiz para o seu casamento.

Valerie olhou para seu bracelete.

— O casamento não parece fazer parte de mim. Parece que estou sendo vendida. — As palavras de Peter a arrebataram, mas ela não disse nada a respeito. Sabia que seus pais não aprovavam Peter; mas, e se vingasse a morte de Lucie? E se ele voltasse depois de ter matado o Lobo? Começou a fantasiar sobre a redenção dele. Mas então as palavras duras de Peter voltaram à tona, e ela sabia que nada daquilo importava mais.

— Há outra pessoa, não é? — A Avó se inclinou para frente.

— Havia alguém... — Valerie disse lentamente. — Mas talvez não haja agora.

A Avó concordou. Ela parecia ter a capacidade de dar sentido à explicação sem lógica de Valerie.

— Só não consigo acreditar que ele desistiria de mim tão facilmente.

— Talvez haja mais coisas nessa história. — A Avó tomou um gole de chá.

Valerie sacudiu a cabeça, tentando ignorar os pensamentos.

— Talvez. Odeio pensar nisso agora, logo após a morte de Lucie.

— Como eu gostaria que você pudesse seguir o seu coração... — a mulher mais velha disse finalmente.

Valerie pensou ter visto um lampejo de ira cruzar os olhos de sua Avó.

— Há pouca chance disso acontecer. — O próprio rosto de Valerie ficou sombrio em resposta. — Minha mãe só se preocupa com dinheiro, e meu pai está bêbado demais para perceber metade do que se passa ao redor.

A Avó se virou; um sorriso brincava em seus lábios.

— Você, Valerie, nunca foi de medir as palavras.

As duas se afundaram no silêncio, deixando pesar sobre elas o que havia sido dito com tanta leveza. Os sinos que a Avó mantinha na frente da casa tilintavam ao vento.

— Quando eu era jovem — começou a Avó; sua voz suavizava o ar tenso — o Lobo atacava famílias inteiras. Ele as atraía para o bosque.

— Como? — Valerie pensou nos pedaços de papel que encontrara na mão de Lucie.

— Ninguém sabe.

— Mas a matança parou quando começaram a sacrificar animais para amansá-lo. — Valerie prosseguiu. A xícara de chá estava pesada e quente em suas mãos.

— Sim, mas isso foi depois de um longo período de brutalidade. Foi então que começamos a usar os sinos. Essas quatro badaladas. Todos os meses. — Ela olhou para baixo, com as lágrimas brotando. — Pensei que esses dias haviam acabado.

Houve uma época em que Valerie não sabia o significado daqueles sinos da igreja.

Tínhamos cinco ou seis anos. Eu estava nos arredores da praça da aldeia, à espera de Peter. Mas ele não estava lá.

— Cuidado com a cabeça!

Olhei para cima. Peter havia subido na torre do sino.

Zangada por ele ter pensado nisso antes que eu, escalei o beiral da igreja para encontrá-lo, recusando a sua ajuda. Nós éramos tão parecidos...

Éramos pequenos o suficiente para caber sob a boca do sino. Nosso próprio mundo particular. Nenhuma lei. Na sombra do metal, Peter disse:

— Toque.

— Basta tocá-lo?

— Alerta de morte pelo Lobo. Quatro vezes, quatro badaladas.

Peter sempre trouxe à tona o melhor e o pior de mim.

Agarrei o badalo e o joguei contra a lateral do sino.

Bléin! Bléin! Bléin! Bléin!

O badalo mergulhou a aldeia no caos; pais cerravam os dentes enquanto empurravam mulheres frenéticas e atordoadas, mães contavam seus filhos enquanto os conduziam para a taberna.

Peter e eu pulamos para fora do sino com o barulho. Alguém nos viu.

— A menina do lenhador!

Vi a minha mãe me procurando lá embaixo, branca de horror. Assisti à mudança de seu rosto do terror para o desapontamento e para a raiva. Minha mãe e meu pai me levaram para longe de Peter, que chutou a terra enquanto a praça se esvaziava e o dia de trabalho era retomado.

Agora tudo havia mudado. Valerie deixou-se afundar no colo da Avó.

O meio da noite chegara sem elas perceberem.

Valerie começou a cair no sono, mas acordou bruscamente com um ruído.

Ploc, ploc, ploc.

Era apenas um pano molhado pendurado em um gancho. Ela suspirou. Inesperadamente, o assoalho se deslocou e rangeu.

A Avó percebeu que Valerie não conseguia dormir. A noite, ela sabia, era o momento em que os pensamentos sombrios puxavam a psique como cordas.

— Beba, querida.

— Minha irmã está morta... — disse, tentando aceitar o fato.

— Eu sei, querida. Beba um pouco mais.

A chaleira era velha, e deixara seu gosto de ferro no chá.

Valerie sentiu seus olhos secos se tornarem pesados e fechou-os, sentindo o toque frio das pálpebras molhadas. Pensava na morte de Lucie, olhando para ela como algo que esperava na outra extremidade de um túnel.

— O Lobo matou Lucie...

No entanto, não concluiu seu pensamento, porque o sono a havia tomado como a morte.

12

Dentro da montanha, a gabolice que havia acontecido na taberna cedera lugar a um silêncio ansioso.

— Por aqui, homens. — Henry ouviu o Bailio sussurrar quando chegaram à bifurcação, apontando para um túnel que conduzia a um antro de escuridão. O Bailio virara-se para encarar a turba de seguidores, com Peter e Henry firmes de cada lado como suportes de livros. Mesmo com a luz emitida pelas tochas, os rostos dos homens pareciam nublados nas trevas da caverna. O ar parecia coagulado, espesso e amargo.

— Não é seguro — resmungou um trabalhador do curtume, sem muita convicção. — Não dá para ver o que há além da curva.

— Vamos tomar o outro caminho — Peter afirmou, apontando para a sua metade do grupo.

Henry olhou para o pai. Eles não queriam admitir, mas Peter estava certo. Um grupo de vinte homens era grande demais para ser manobrado na caverna escura. Henry desejou ter falado primeiro.

— Sim — ele falou, só para acrescentar alguma coisa. —, acho que a gente deveria se separar.

— Como você quiser. — o Bailio declarou, arrogante, seguindo sozinho enquanto os outros homens ponderavam as opções, escolhendo seus lados. Alguns, contentes com a liderança do Bailio, decidiram segui-lo. Peter, Henry e Adrien, aqueles que queriam liderar em vez de serem liderados, foram embaraçosamente deixados por si. Pelo menos dessa maneira, Henry poderia manter uma estreita vigilância sobre Peter.

Ele desejava que seu pai deixasse tudo sob sua responsabilidade, mas Adrien, vendo o grupo reunido, assumiu o controle. Os lenhadores estavam com eles, permanecendo como carrapichos — iriam aonde Peter fosse. Cesaire, deixado para trás enquanto tomava um último gole enervante de seu frasco encapado em couro, decidiu, com hesitação, que seguiria o grupo do Bailio e correu para alcançá-lo.

Agora por conta própria, Adrien, Henry, Peter e os lenhadores seguiram em frente. Os lenhadores tentaram manter seus passos leves, mas eram grandes e rudes e não estavam acostumados a andar na ponta dos pés.

Henry juntou-se a Peter, assustando-o.

— É possível que fique perigoso aqui embaixo. — Ele acendeu uma mecha. — É melhor você tomar cuidado.

— Tome cuidado *você* — Peter respondeu, apontando para a chama que havia devorado seu caminho ao longo do comprimento da mecha. A ameaça do seu olhar era evidente até mesmo na escuridão.

— Certo — Henry assentiu, sacudindo a mão quando a chama a atingiu.

Antes que a rivalidade pudesse se intensificar, o grupo chegou a mais uma bifurcação. Um caminho era mais ameaçador que o outro, todos escuros como breu.

— Precisamos vasculhar cada canto. — Peter fez sinais para os lenhadores se separarem novamente. — Nós vamos tomar o caminho mais íngreme.

— Não — Henry interrompeu, ansioso por discordar e para evitar que Peter tomasse mais uma decisão por eles. —, devemos ficar juntos agora.

— Talvez você devesse ir para casa e esperar o Father Solomon — disse Peter olhando para trás, já a caminho do trajeto em declive.

Com as palavras conflitantes dos rapazes, os lenhadores trocaram olhares. Será que eles queriam confiar suas vidas a um jovem rapaz arrogante? Olharam atrás para as silhuetas de Henry e Adrien na parte superior, sozinhos, indecisos, e seguiram Peter mesmo hesitando. Observando-os, Henry sentiu os olhos de seu pai sobre ele. "Por que não fui eu quem sugeriu isso?"

Peter sorriu para si mesmo, satisfeito por ter ganhado. Seu grupo se manteve logo atrás dele; a luz de sua tocha percorria as paredes e o solo para detectar qualquer sinal de movimento.

Avançando por uma passagem mais estreita, os lenhadores ficaram com medo, colocando um pé cauteloso na frente do outro, esperando o Lobo saltar sobre eles, aguardando cair na escuridão da morte. Uma brisa suave soprou; um mal inquieto parecia sussurrar através da escuridão.

Alguns momentos depois, um lenhador, assustado por uma enorme rocha saliente, deixou cair seu arco, o que fez ecoar um ruído metálico por todos os túneis. Os homens foram tomados por um medo irracional, mas, felizmente, Peter pensava por eles. "Ande", ele pensou. "Aguarde a mudança do ar, para sentir aquele momento de calma que antecede um movimento a ser feito".

O ar mudou em um instante esmagador; uma rajada forte de vento afligiu a caverna, transportando ele e seus homens para o caos do nada.

Henry, longe dali, viu as paredes desaparecem em um casulo de escuridão tomado pelo pânico quando o vendaval as atingiu, agitando pedaços de terra e jogando areia em seus olhos.

Tudo que ouviu foram gritos agudos e altos. Pés corriam.

Sua tocha se apagou.

O Bailio a viu primeiro. Aquela mancha triangular, o semicírculo de quatro manchas redondas e — o pior de tudo — os quatro minúsculos pontos acima e a impressão sangrenta do Lobo estampada na terra iluminada pela tocha do Bailio. Curvou-se sobre o chão; seus homens se reuniam ao seu redor quando, de algum lugar mais profundo da caverna, ele ouviu um grito distante.

Um homem havia sido atacado.

O Bailio estava pronto para isso; sabia exatamente de onde o som agudo viera desde de seu primeiro tom.

— Corram! — gritou.

A maioria dos homens obedeceu, mas alguns poucos se dispersaram, correndo para longe do grito e dirigindo-se para a boca da caverna. Seus gritos ecoavam por toda a montanha.

"Vamos descer pelo túnel, cada vez mais", o Bailio se ordenava. "Agora está longe demais para a bifurcação ser a passagem mais próxima. Deve haver outra maneira. O terreno não é bom aqui; a lama é muito solta. Cuidado para não escorregar. Não tropece nas rochas das margens do caminho".

Sua respiração estava acelerada e seus passos ressoavam mais alto. "Há alguma luz. Corra para a luz, talvez haja alguma coisa lá". Ele podia vê-la agora. "Uma abertura, uma câmara, à frente!".

O Bailio tropeçou no espaço; seus homens estavam espalhados atrás dele. A neve, tingida de vermelho pelo luar, rodopiava a partir de uma fenda nas rochas lá no alto. Esquadrinhando o perímetro do lugar, seu olhar pousou sobre formas torcidas e gigantescas.

Formações rochosas?

Aproximando-se e mantendo um olho atento para o movimento, ele foi até elas. E viu que não eram pedras.

Ossos, ossos humanos. Empilhados até uns três metros. Eram tão intensamente brancos que pareciam quase pintados. O Bailio estava diante da torre, sentindo-se castigado.

Olhou para cima. Onde estava o Lobo? *Ele não poderia ter saído...* Os olhos vazios dos crânios o encaravam, com suas bocas esticadas em sorrisos, zombando de sua situação, mas sem oferecer respostas.

Examinando a sala... ele se deparou com outra coisa. *Adrien.* Seu corpo estava frio e sem vida, rasgado horrivelmente pelo Lobo.

Algo se levantou no peito do Bailio. Sentiu o silêncio atordoado dos homens atrás de si. Encontraria o Lobo e o faria pagar. Em uma onda de agressividade, ele agora não pisava com cuidado. Deleitava-se em ocupar espaço, em andar com passos pesados, que ecoavam. Ele *iria encontrá-lo.*

Ocupado em imaginar a grandiosidade de sua futura glória, o Bailio ouviu um barulho atrás dele.

Um rosnado baixo.

Ele se virou e viu-se cara a cara com uma boca cheia de dentes furiosos. Saliva acumulando nos cantos. Caninos enormes e brilhantes.

Sem saber como isso acontecera, o Bailio viu a própria adaga na sua mão à frente. O pelo no pescoço do animal se eriçou, e a baba nociva de sua boca horrível pingava em grande quantidade no chão da caverna. Seus olhos se encontraram. O tempo parou. Então o monstro saltou, formando um arco na direção de sua próxima vítima.

13

Bam!

Valerie acordou de um lugar profundo em um pesadelo, com os cabelos suados e emaranhados embora a sala estivesse fria. A primeira luz da manhã era cinza-azulada, da cor da ardósia.

Tentou se orientar. Não estava em sua própria cama; estava na casa da Avó — e sua irmã estava morta. O barulho vinha do quarto da Avó.

— Vovó?

Andou descalça pela casa, sentindo o ar fresco soprar por entre as tábuas do assoalho.

— Vovó...?

Ela ainda estava na cama, de costas para Valerie, com os cobertores puxados firmemente sobre seu corpo esbelto. As bordas da colcha de seda cor de pêssego em tremulavam com a brisa em torno dela. Uma veneziana chocou-se contra o batente. Uma janela fora deixada aberta, e o vento entrava.

Ou alguém havia entrado?

Valerie se movimentou para fechá-la. Lá fora, a floresta parecia inclinada e triste; as árvores pesavam com a neve.

Voltou-se para a Avó, cuja forma parecia estranhamente alongada, esticada, quase como se seus membros tivessem sido arrancados do lugar.

Valerie aproximou-se. A figura se mexeu; em seguida, começou a se levantar. Valerie recuou, apavorada, pronta para correr...

Mas era apenas a Avó, a velha mulher que oferecia um sorriso enquanto piscava desperta.

Depois de engolir um café da manhã frio, Valerie correu para casa através do bosque, envolta em suas duas capas — a antiga e a nova — para afastar o ar frio.

— Mãe? — chamou ao entrar na cabana.

Suzette olhou para cima. Estava sentada em uma cadeira, com o olhar fixo sobre a lareira apagada, desolada e angustiada.

O coração de Valerie parou. Ela deveria ter ficado e esperado com a mãe.

— O papai está...? — Não queria terminar a pergunta, porque não queria saber.

— Ele está bem — Suzette disse, olhando para suas mãos. — Os homens voltaram e estão na taberna.

Valerie assentiu, incapaz de perguntar sobre Peter.

— Você está linda — Suzette falou, notando a capa vermelha, com lágrimas nos olhos.

Quando ela se virou para subir até o sótão, sua mãe levantou e segurou seu braço.

— Valerie, o que é isso no seu pulso? — Ela perguntou, virando-o para ver.

— Não é nada. É um presente do Henry. — Valerie tentou escondê-lo, descobriu que estava envergonhada. Ainda não queria ser considerada uma mulher. Não estava preparada para ser uma moça que recebe joias de homens. Também não queria que notassem que estava usando o presente de Henry.

Mas era quase mais constrangedor estar constrangida, por isso ela o mostrou. Sua mãe estudou-o por um longo tempo.

— Valerie, me escute — Suzette disse depois de um momento. — Use este bracelete. Não o tire. Você é uma mulher comprometida, agora.

Valerie assentiu com a cabeça, inquieta, e subiu a escada do sótão. Na segurança de seu próprio espaço, trocou de roupa. Ficou maravilhada com a nova capa vermelha, surpreendida novamente por sua beleza vibrante.

A maioria das capas era antiquada e de lã, feita de *tweed* duro. Esta capa, no entanto, não era engomada nem pinicava. Era incrivelmente fina e quase fluida, como se fosse tecida de pétalas de rosa. Era fria ao toque.

Sentindo-a contra os braços nus e por entre os dedos, Valerie se sentiu mais poderosa que nunca. Havia algo muito natural nela, como uma segunda pele que lhe pertencesse o tempo todo. Sentia-se forte e furtiva, e a capa a fez desejar saltar de seu sótão, agachando-se como uma pantera, e correr rapidamente pela aldeia, pela floresta onde chovia e nos campos onde isso não acontecia.

Passando em silêncio por sua mãe, saiu para ir à taberna.

Os homens, tendo retornado de monte Grimmoor sem antes parar em casa, exalavam um cheiro acre de terra e suor. Valerie ainda conseguia observar a energia pulsando através de seus corpos. Caminhou ao redor dos limites da multidão e recostou-se à parede para escutar.

Como sempre, em encontros como estes, ficava distante, isolada. Alguns aldeões repararam nela — a capa vermelha se destacava, mas ela gostava disso. Sentia-se segura em sua cor vermelha; de agora em diante, sempre a usaria.

A taberna era um sítio arqueológico que continha em sua sujeira a história da aldeia. Suas paredes de madeira vinham sendo entalhadas pelos homens desde o dia em que foram levantadas – com iniciais, naturalmente, mas também com espirais, rostos, setas, coelhos, serpentes, trevos, círculos entrelaçados, cruzes que lançavam raios. As almofadas sobre os bancos estavam sujas, tendo proporcionado conforto a muitos homens diferentes. Das enormes velas de cera de abelha escorriam grandes gotas sobre as mesas, que esfriavam em coágulos endurecidos de lava cor-de-abóbora que, muitas vezes, permaneciam lá por meses até que, por acaso, um bêbado ansioso os retirasse com as unhas sujas. Os crânios de veado, pendurados ao longo da parede mais distante, pareciam estar sorrindo na morte, como se houvessem levado um torturante segredo com eles.

Ela esquadrinhou o salão: viu seu pai, e em seguida Peter, belo em seu retorno heroico, embora ele não tenha levantado a cabeça. O alívio tomou conta dela, seguido de raiva. Odiava se importar tanto, e odiava ainda mais amar alguém que não lhe retribuiria esse amor...

Mas então ela percebeu que Henry não estava lá.

O Bailio estava sentado à cabeceira da mesa, cercado por admiradores; a cabeça do Lobo estava espetada em uma lança ao lado dele. Os homens que haviam estado nas cavernas — mesmo os muitos que fugiram — sentiam que tinham o direito de compartilhar de sua glória, e que haviam sido necessários para o seu sucesso. O Bailio contava toda a história, representando novamente seu andar nas pontas dos pés; em seguida, batendo a caneca no momento de clímax. As mulheres se animavam, admiradas, enquanto a cerveja espumante pingava pela sua barba espessa. Vendo seu sorriso de satisfação, Valerie se encheu de desprezo. As mulheres penduravam-se em seu pescoço, elogiando-o pela sua abnegação e por vingar a morte da pobre moça — quando, na verdade, aquilo não tinha nada a ver com isso.

O dono da taverna, um homem careca com uma marca que corria de orelha a orelha pela parte de trás de sua cabeça nua, ouvia com muita atenção. Sua mulher servia no balcão enquanto ele estava sentado, em transe. Certa vez, ela havia engravidado e nunca se recuperara. O dono da taberna, porém, não tinha essa desculpa.

O Bailio terminou sua apresentação lamentando a perda que eles sofreram, revelando a verdade que estava suspensa no ar, além da compreensão de Valerie... Adrien morrera por esta glória. Valerie fechou os olhos. Agora entendia porque Henry não estava ali. Houve certo alívio por ter sido o pai, mas também compaixão pelo filho que agora era órfão.

Olhou para Peter novamente, mas ele ainda encarava o chão.

Todos foram para a taberna porque ninguém queria ir para casa. Enquanto o Bailio recontava seu triunfo, a aldeia parecia se alegrar. Um marido e sua esposa compartilhavam uma bebida na mesma caneca enorme. Dois aldeões se sentaram juntos em um banco baixo junto à lareira, curtindo o conforto do calor.

Alguém destripava o Lobo diante da taberna. As crianças observavam com uma alegria horrorizada, chocadas com a sua boa sorte; seus pais se sentiam complacentes demais para lembrá-los de manter distância.

O sol subiu alto e brilhou radiante, mesmo quando flocos de neve continuavam a cair, e as mortes de Adrien e Lucie pareciam quase justificadas pela liberdade que os aldeões sentiam agora. Não parecia uma troca tão injusta;

foram apenas dois aldeões ao longo dos últimos vinte anos, e agora não haveria mais nenhum outro sacrifício. Era compensador pensar que eles próprios poderiam comer a sua galinha mais gorda, que poderiam trabalhar fora até escurecer, que nada havia além dos limites e que suas vidas lhes pertenceriam novamente.

Também ficaram contentes ao saber que dinheiro não significava isenção, agora que o homem mais rico havia se ido. Haviam sido poupados; talvez fosse porque merecessem.

Parecia um preço pequeno a pagar, aquelas duas mortes.

"Mas o preço não era pequeno", pensou Valerie.

Claude apareceu na janela, embaçando o vidro azul ao fazer uma careta. Porém, ele ficou desfocado quando Valerie viu, atrás dele, algo que estava sendo transportado.

Adrien. Seu corpo, morto, descansando sobre o carro funerário.

Apenas sua cabeça estava exposta, com os olhos fechados em sono eterno para nunca mais abrirem novamente. O sangue vazara lentamente de seu corpo, como xarope, e se transformado em uma mancha no tecido.

A senhora Lazar se arrastava atrás dele, lamentando a sua dor. Seus olhos atravessaram a janela para encontrar os de Valerie, e as duas mantiveram o olhar até a senhora ter passado pelo quadro.

Os homens estenderam as mãos sujas, levando ao peito o chapéu, em respeito, enquanto o corpo passava.

— Por Adrien. — Cesaire ergueu sua caneca, ao perceber que talvez a farra deles fosse de mau gosto. — Pelo seu sacrifício.

— Por Adrien! — O resto dos aldeões ergueu os copos.

Valerie olhou primeiro para ver se Peter notaria, e depois saiu da taberna. Henry havia oferecido suas condolências, e agora ela também retribuiria. Não sabia o que diria, mas sabia onde encontrá-lo.

Ela entrou na loja do ferreiro. A porta da forja estava aberta; uma caverna de fogo e suas entranhas brilhavam, vermelhas, através da fumaça. Por um longo tempo, Henry, seminu enquanto fazia surgir faíscas indóceis, não percebeu que ela estava lá. Valerie sentiu-se triste, porque o torso pálido e poderoso lembrou-lhe o peito nu de Peter do dia anterior, e de como ele era tão quente.

Valerie pensou no noivado que Suzette combinara. Estava ainda mais presa que antes; agora, não havia nenhum modo de fugir, de abandonar Henry em sua dor. Ela também se sentiu culpada até mesmo por pensar nisso.

Sabia que o corpo de Adrien havia sido levado, que ele devia estar deitado, frio, no sótão. Ela não olhou para cima.

— Henry... seu pai era um homem corajoso.

Ele continuou atacando o metal com uma marreta, golpeando brutalmente a bigorna. Não estava certa de que ele a havia ouvido falar. Então, ele parou de repente, com o martelo pesado suspenso no ar e o fogo estalando diante dele.

— Eu estava perto o suficiente para sentir seu cheiro — ele fervihava. Não se virou. —, mas fiquei com medo. Eu me escondi dele.

Clenc!

— Eu deveria ter feito algo.

Clenc!

— Eu deveria tê-lo salvo.

Valerie viu que ele estava destruindo todos os seus projetos inacabados. Eles continuariam daquela maneira para sempre.

— Também perdi alguém, Henry. Eu sei como é. Por favor, venha para longe do fogo.

Ele não foi.

Clenc!

— Henry, por favor.

Uma das faíscas ardentes foi cuspida da forja e aterrissou no braço de Henry, queimando sua carne. Punindo-se, ele não parou para retirá-la até que, finalmente, com um movimento rápido, ele gesticulou com violência na direção da porta, sacudindo-a.

— Valerie, vá embora — rosnou. — Não quero que você me veja assim.

Como sabia o que era querer ficar sozinha, ela saiu; entretanto, foi incapaz de dissipar a imagem dele, escurecido pela fuligem e furioso sob a luz vermelha da forja.

Saindo da forja, ela se surpreendeu ao encontrar a mãe sentada em um tronco. Com os olhos turvos, Suzette olhava para o piso superior da loja, onde o corpo de Adrien, envolto na mortalha, jazia. Valerie assustou-a ao surgir ao seu lado para pegar a sua mão. Foi então que viu que Suzette segurava alguma coisa meio escondida, algo que brilhava à luz.

Um belo bracelete forjado...

Idêntico ao que Henry havia feito para Valerie.

Confusa, Valerie procurou pelo seu. Estava intacto em seu pulso.

Ela estendeu a mão para tocar o metal da pulseira de sua mãe.

Apanhada desprevenida, Suzette se afastou.

— Eu estava pensando em uma dobradiça — murmurou, ao dar meia-volta e correr para longe.

Mas ela a seguiu.

Suzette começou a falar, mas parou quando as palavras não vieram.

Foi então que Valerie entendeu.

— Mãe, você me disse que amou outra pessoa antes de se casar.

Suzette não respondeu; seu silêncio transmitia as palavras que ela não conseguia pronunciar.

Ela caminhou mais rápido pela praça, e Valerie seguiu seu próprio ritmo. Passaram por dois carpinteiros que construíam uma pirâmide de galhos sobre a qual queimariam o corpo do Lobo e pelos aldeões que se esparramavam para fora da taberna, carregando a cabeça do Lobo em sua lança.

— Diga-me quem era.

Suzette diminuiu o passo, virando-se. As palavras ficaram presas na garganta, não querendo vir à tona. — Acho que você já sabe.

— Diga-me. Eu quero que você confirme. — Valerie não conseguia evitar, do mesmo modo que não conseguia resistir a puxar um pedaço de fio solto até que o tecido fosse desfiado.

Suzette estava chorosa; ela mordeu os lábios.

— Eu sou sua filha. — Valerie cuspiu as palavras. — Você deveria ser a minha mãe. O mínimo que você deve fazer é dizer o nome.

— O homem que eu amava era Adrien Lazar.

Ao ouvir aquilo dito em voz alta, Valerie estremeceu. Pensou nas imagens de Adrien que a mãe devia guardar, nas coisas que ele deve ter dito, nas palavras que teriam reverberado em sua mente desde então. Com que frequência ela pensava nele? Pois ela devia pensar nele.

Quando os olhos de Suzette tremulavam durante o sono, estaria sonhando com ele entregando-lhe o bracelete forjado, ajudando-a com o fecho, tocando-a? Ao lavar a roupa na bacia, com as mãos arrastando um pano para cima e para baixo na madeira sulcada da tábua, sentiria ela as mãos dele nas dela? Do jeito labiríntico que a mente funciona, algo misterioso que ela ou Lucie fizeram certamente gerou uma imagem cristalina de Adrien. Valerie tentou imaginar as lembranças que sua mãe tinha de seu amante, aquelas que guardava numa caixa privada da qual só ela tinha a chave. Coisas que só ela e Adrien saberiam. Mas a metade de Adrien havia desaparecido nas cavernas do monte Grimmoor.

Ela sentiu o sangue parar de fluir. Não podia ser. E ao mesmo tempo podia. Fazia sentido.

A prova esteve ali à vista de todos, escondida apenas por uma falta de escrutínio.

E, como um fio se desenrolando, surgiu outra suspeita.

— O papai sabe? — Valerie perguntou; sua própria voz soava como se fosse a de outra pessoa.

— Não. — Olhou, suplicante, para a filha. — Prometa que não vai contar para ele.

Suzette viu o rosto de Valerie e se acalmou. Ela conseguiu ver o tanto que sua filha faria para proteger o pai.

— Mas saiba disso — prosseguiu, ficando muito séria. — Não é que eu *não pudesse* amar o seu pai. Era só que eu já amava Adrien.

Valerie foi tomada por uma sensação de tristeza por sua mãe. Viu-se subitamente mais velha, com a sua infância perdida. Sentia que tinha uma vista aérea da vida de sua mãe, que ela podia ser mapeada, e que conseguia ver onde o percurso se perdera. Não pôde deixar de pensar que sua mãe havia feito uma má escolha ao se casar com seu pai.

As lágrimas ardiam nos olhos de Valerie; tristeza por seu pai, tristeza por sua mãe.

Antes que pudesse reagir, uma carruagem escura e resplandecente passou apressada. Era sinistra e elegante; ela vinha do mundo exterior.

Father Auguste correu para fora da igreja e para a rua, gritando.

— Ele chegou!

14

— Calma! — resmungou o cocheiro para os cavalos, enquanto a carruagem negra freava aos poucos.

Valerie ouviu cascos ressoando no chão nevado quando uma dúzia de soldados, com rostos determinados e montando garanhões poderosos,chegou. As armas cintilavam ao sol da tarde. Um arqueiro mascarado era conduzido por um majestoso corcel branco. O homem usava um elmo pesado e tinha ao ombro uma besta[1] enorme. O temível grupo de homens transportava atrás de si um enorme elefante de ferro e carroças repletas de seus materiais: armas, livros, instrumentos e equipamentos científicos. O elefante, rebocado com brutalidade, era enorme e parecia um bloco com a tromba curvada como uma serpente e os olhos ameaçadores. Valerie viu que os outros

---

[1] Arma medieval. (N.E.)

aldeões se perguntavam sobre a sua utilidade; não parecia correto que aqueles homens grandes trouxessem um brinquedo. Ela notou uma porta articulada em seu ventre de ferro e estremeceu.

Viu suas amigas na praça, mas antes que pudesse chegar até lá, a caravana havia parado no local. Ela acenou para Roxanne, mas Rose e Prudence não a viram. Ou isso, ou elas queriam manter distância por causa de seu noivado.

O cocheiro parecia um pouco enjoado por causa da estrada irregular. Havia sido uma jornada longa e rápida, evidentemente, e os cavalos orgulhosos, com os olhos cansados do mundo, deixavam transparecer sua frustração. Seus freios tilintando eram os únicos sons quando a multidão já se dispersava pela praça e, silenciosa, aguardava os acontecimentos.

As mulheres olhavam das varandas e por trás das cortinas, tentando enxergar pelas barras de ferro das janelas da carruagem, moldadas em forma de cruzes. A taberna havia se esvaziado, e os homens esperavam para ver se o recém-chegado honraria a sua reputação. Daggorhorn era uma cidade acostumada com a decepção.

Peter estava longe de Valerie. Eles não se olharam. Era bom ter muito mais coisas para olhar.

Ela percebeu, porém, que o risco talvez não valesse a pena. Sabendo da aflição do segredo de sua mãe e do trauma provocado pelo amor, não queria sofrer daquele jeito. Amor, desejo — era tudo tão horrível. Esqueceria

Peter, decidiu, e esqueceria Henry. Viveria uma vida em reclusão, morando na floresta, como a Avó; sozinha, virando-se sozinha. Chega de "amor".

Um burro maltratado da aldeia trotou com desânimo para fora do caminho, provavelmente pensando que preferiria ter sido um cavalo. As crianças depositavam pequenos objetos, bolotas e bonecas de palha, nos sulcos gêmeos que as rodas da carruagem escavaram na neve. Elas se dispersaram, porém, quando levantaram o olhar e viram o exército que havia se reunido.

Alguns homens grandalhões descarregaram a carruagem, desamarrando baús de madeira e empilhando-os ao lado da rua. O resto dos soldados ficou imóvel, à espera de ordens. Até mesmo o macaco alerta, empoleirado nos ombros de um lanceiro, parecia estar esperando uma ordem.

— Apresentando Sua Eminência... — um soldado começou. Era um mouro magnífico, diferente de todos que Valerie já havia visto. Seu cabelo fora cortado rente, tão rente que parecia ter sido puxado de seu crânio; ele tinha um tom de cinza em vez de preto. Portava uma espada de dois gumes, pendurada de modo elegante em seus ombros. Suas mãos eram enormes e pareciam capazes de estrangular alguém com facilidade. Ele manteve uma delas ao lado enquanto caminhava, descansando-a tranquilamente sobre o cabo de um chicote preto. Era o capitão.

— ... Father Solomon — completou um soldado que só podia ser o irmão do mouro. Os dois homens falavam com uma suave voz de veludo.

A cidade ficou maravilhada com a chegada de Father Solomon. Era tão impressionante quanto a realeza. As mulheres se arrumavam; as saias estavam sujas, e os cabelos, esvoaçantes.

Os espectadores prenderam a respiração, esperando a porta abrir. Quando isso aconteceu, os aldeões ficaram surpresos ao verem duas meninas pequenas nos bancos voltados para frente. Eram tão impressionantes que os moradores quase esqueceram quem era que estavam esperando. Ninguém jamais vira duas meninas com tamanha tristeza estampada tão claramente em seus rostos.

Solomon dirigia-se para dentro, com suas costas eretas voltadas para a multidão.

— Por favor, não chorem. — Ele se inclinou para elas. — Veem todas estas crianças? Veem como elas estão com medo? — Fez um sinal para os que se aglomeravam na praça. Uma das menininhas segurou uma barra da janela ao olhar para fora; seus dedos se fecharam em um pequeno punho. — Elas têm medo porque há algo mau aqui. Um Lobo. E alguém tem de detê-lo.

Valerie gostou da maneira como Solomon falava, acentuando cada sílaba, como se cada som fosse uma lembrança.

— É o monstro que matou a nossa mãe? — perguntou a menina mais velha, com a entonação de uma mulher adulta. As meninas pareciam desalinhadas por causa da viagem, por serem sacudidas naqueles grandes bancos de couro até ficarem ombro a ombro. Solomon, entretanto, não parecia maltrapilho ou cansado. Quando se virou, a multidão viu que ele estava com uma impecável armadura brilhante prateada; seus cabelos ao vento eram bem prateados para combinar. Ele tinha a aparência exata que um matador de Lobos deveria ter.

— Pode ser — Solomon respondeu, sério; uma sombra atravessava seu rosto.

As meninas estremeceram. O pensamento do monstro superou qualquer tentativa infantil de chamar a atenção do pai.

Ele abriu os braços. Elas o abraçaram, e ele inclinou-se rigidamente para beijar a cabeça de cada menina. Ele abrandou ao tocar o dorso da mão nos cabelos da menina mais nova.

— Está na hora — acenou com a cabeça para o capitão. Uma figura obscura se inclinou para puxar as garotas, que ainda soluçavam, para o interior escuro da carruagem. Seu guardião.

— Comportem-se — disse ele, fechando a porta com uma firmeza paternal. Elas estariam seguras lá. Valerie descobriu que, de uma forma perversa, estava enciumada das duas meninas de Solomon, seguras por trás de suas grades de ferro.

Father Solomon observou a partida delas enquanto a carruagem rodava para fora da praça e, em seguida, para fora da aldeia, transportando as meninas para um lugar mais seguro. Os aldeões as invejaram, desejando também poder fugir, receber um carinho na cabeça ou sob o queixo. Father Solomon parou por um momento, empertigando-se para se mostrar em serviço, antes de se virar para a multidão, que começara a sentir que estava na presença de um grande líder. Com suas elegantes luvas pretas e a capa de veludo roxa como a do rei, era majestoso e imponente. O público sabia pelo seu rosto que ele havia visto um mundo que eles nunca conheceriam.

Percebendo que era a vez deles receberem sua valiosa atenção, Father Auguste deu um passo adiante para falar em nome de Daggorhorn.

— É realmente uma honra, Eminência. — Curvou-se ele diante do homem mais velho, tão magnânimo ao se postar diante deles em sua humildade. Valerie queria correr seus dedos pelo tecido macio de sua capa, que capturava a luz que batia sobre seus ombros.

Solomon meneou a cabeça ligeiramente. Seus movimentos eram contidos e plenos.

— Felizmente nós já estávamos viajando por esta região e pudemos chegar rapidamente. Fiquei sabendo que vocês perderam uma moça da aldeia. — Andou na frente da multidão. — Quem aqui pertence à família da garota?

Suzette não se mexeu, e Valerie não viu o pai — ele provavelmente ainda estava dentro da taberna. Os aldeões se esquivaram. Olhando para Peter, que não parecia estar indiferente do outro lado da multidão, Valerie levantou a mão resignadamente.

Solomon caminhou até ela e abaixou sua mão para descansar na dele. Ele cheirava à metal azeitado e à segurança.

— Não se preocupe — disse humildemente, com a cabeça baixa. — Muitos horrores foram testemunhados, e muito sofrimento foi suportado. Vamos encontrar o animal que matou sua irmã. Lamento pela sua perda.

Mesmo sabendo que era tudo encenação, havia certo conforto naquilo, em um pedido público de desculpas — em um reconhecimento de que ela, Valerie, era quem havia sofrido.

Ele inclinou-se ligeiramente, com seu rosto gentil se endurecendo quando se virou para os homens e mulheres que ainda não haviam perdido ninguém.

Valerie observou o Bailio andar de modo arrogante até eles, incapaz de se conter por mais tempo. Ficou revoltada com ele e com os outros homens; eles pareciam crianças com sua violência e sua vaidade.

— Você e seus homens estão atrasados — Ele colocou a mão enorme no ombro do Father Solomon. —, mas chegaram a tempo de participar do nosso festival. — O dono da taverna murmurou em apoio quando o Bailio apontou para a cabeça peluda na lança, com os olhos vidrados, brancos e opacos.

— Como o senhor pode ver, já demos conta do Lobo.

Father Solomon olhou para a mão do Bailio e para suas unhas repletas de sujeira. Ele se livrou de seu aperto que o prendia.

— Isso não é um lobisomem. — Father Solomon murmurou, de forma misteriosa, sacudindo a cabeça.

Valerie viu Roxanne e Prudence se entreolharem e, em seguida, olharem para ela. Ela encolheu os ombros em resposta. Rose não notou a troca de olhares, ainda paralisada com a cena à sua frente.

— Agora não é mais — disse o Bailio, encontrando a aprovação da multidão. — Talvez ele não se pareça com um lobisomem agora, mas você não o viu quando ele estava vivo.

Os homens de Daggorhorn concordaram com a cabeça.

— Você não está ouvindo — Father Solomon disse baixinho, de um modo que fez todo mundo ouvir. — Essa não é a cabeça de um lobisomem.

Houve um clamor enquanto a multidão tentava ver o sentido disso. Será que ele estava brincando, usando um tipo de humor de classe alta que eles não entendiam?

— Sem querer desrespeitar, Padre, mas convivemos com essa fera há duas gerações. Toda lua cheia ele leva o nosso sacrifício. — o sorriso largo do Bailio estava escondido em sua barba espessa. — Sabemos com o que estamos lidando.

— Sem querer desrespeitar — Father Solomon respondeu, inabalável —, vocês *não fazem ideia* de com o que estão lidando.

Valerie estava intrigada. Alguém se atrevia a questionar o Bailio. Isso era novidade.

— Vejo a sua negação. Eu era do mesmo jeito no passado — admitiu Father Solomon, hesitando. — Deixe-me contar uma história: meu primeiro encontro com um lobisomem. Vou relembrar novamente a noite a qual eu faria qualquer coisa para esquecer.

Valerie sentiu a multidão prender a respiração.

— O nome da minha esposa era Penélope. Ela me deu duas filhas lindas, como vocês viram. Éramos uma família feliz, vivíamos em uma aldeia muito parecida com esta. E como Daggorhorn, a nossa também foi atormentada por um lobisomem.

Solomon andou na frente de seu público; pisando firme com as botas.

— Foi há seis outonos. A noite estava calma, quase morta. A lua cheia pairava lá em cima, lançando seu brilho em tudo. Meus amigos e eu deixamos a taberna tarde da noite após um pouco de... folia.

Valerie o viu sorrir para si mesmo ao se recordar — um sorriso que sugeria outras histórias, não contadas.

— Decidimos caçar o Lobo. A ideia de que poderíamos realmente encontrá-lo nunca nos ocorreu. Mas nós o encontramos. E isso veio a ser fatal. — disse com uma franqueza exagerada. — Fiquei cara a cara com a fera. Ela respirava. Dava para senti-la. Ela piscou. Eu podia ouvi-la. A energia corria por mim. Eu *tremia* com ela.

Valerie se sentiu, assim como todos os outros, envolvida pela história. Até mesmo sua mãe ouvia atentamente ao seu lado.

— No entanto, o Lobo poupou a minha vida; voltou-se, em vez disso, contra o meu amigo e me fez assistir enquanto ele era rasgado ao meio. Rapidamente. Mas não tão rápido que eu não ouvisse a sua coluna sendo partida.

Valerie sentiu-se mal, pensando em Lucie e no que ela poderia ter ouvido se estivesse lá.

— Eu gritei *que nem uma mulher*, e então ele estava sobre mim. Tudo o que eu vi foram os dentes amarelos. Eu o golpeei com meu machado; em um instante, ele havia ido embora. Cortei-lhe uma de suas patas dianteiras. Pensando que seria um suvenir inteligente, eu a levei para casa — falava com ar de intimidade, como se não tivesse contado nada disso antes.

— Cheguei em casa bêbado e cambaleante, triunfante e orgulhoso. Quando entrei no corredor de entrada, segui gotas de sangue como uma trilha até uma forma preta deitada na nossa mesa da cozinha. O líquido escuro pingava da borda e empoçava sobre as tábuas do piso. — As palavras exerciam um efeito físico sobre Solomon; seus olhos brilhavam. — Quando cheguei mais perto, percebi horrorizado que era a minha esposa. Um trapo sangrento estava amarrado em volta do pulso esquerdo. Sua mão fora decepada. E quando eu abri o meu saco, *isso* estava em seu lugar. — Fez uma pausa, fortalecendo o suspense.

O capitão puxou uma caixa que estava atrás dele; ele havia previsto esse momento. Marchou até o Bailio, chegando demasiadamente perto; do nada, abriu a caixa lentamente, para aumentar ainda mais o suspense. Os outros aldeões se aglomeraram para ver mais de perto.

A caixa forrada de veludo continha a mão mumificada de uma mulher, com a aliança de casamento brilhando, repousada sobre uma camada de pétalas. As crianças engasgaram e fugiram; em seguida, voltaram correndo para dar outra olhada.

— Rosas... — Solomon interrompeu — eram as favoritas de Penélope.

Os aldeões observavam ansiosamente, alguns até dando um passo à frente.

— Eu disse às minhas meninas que o lobisomem havia matado a mãe delas. Mas isso foi uma mentira — ele prosseguiu, com uma voz fantasmagoricamente tranquila. — *Eu* a matei. — As palavras do Father Solomon pairaram no ar. — Porque ela *era* o Lobo. Algum de vocês sabe o que é matar a pessoa que você mais ama?

Ele encarou um mar de rostos sem expressão.

— Logo vocês saberão. Quando um lobisomem morre — Solomon prosseguiu — ele retorna à sua forma humana.

Olhou para a cabeça do lobo, que certamente havia perdido um pouco de seu brilho desde que ele começara a sua história.

— Este é apenas um lobo cinzento comum. Seu lobisomem ainda está vivo. — Ele se benzeu. O primeiro ato terminara. — Venham agora para a taberna.

Quando todos que couberam entraram, Solomon estendeu uma espada de prata que ele portava, incrustada com pedras preciosas e gravada com uma imagem de Cristo na cruz.

Ao vê-la, os olhos de Father Auguste se iluminaram. — Esta... — Ele se firmou. — Esta é uma das três únicas espadas de prata abençoadas pela Santa Sé. Posso tocar...?

Solomon lançou-lhe um olhar reprovador.

Father Auguste recuou, penalizado.

— Este é um período muito perigoso — falou Solomon para as pessoas de Daggorhorn, que se mantinham em transe. Claude estava deitado de bruços nas vigas do telhado, assistindo à cena de lá de cima. Valerie sorriu brevemente para ele de onde estava, apertada, mal conseguindo ver. Ela desejou ter pensado em subir lá em cima.

— Claro, vocês sabem o que a lua de sangue significa.

Eles sabiam? Todos olharam ao redor, esperando alguém mais velho falar.

— Vejo que vocês não têm ideia do que significa. — Seus lábios estavam tensos.

Os moradores sentiram os rostos corarem de vergonha; não gostavam daquilo.

— O planetário... — Solomon estendeu a mão. Era tudo o que tinha de fazer.

O Capitão colocou sobre a mesa um instrumento de bronze equipado com lâmpadas de vidro redondas.

— Foram os persas que inventaram isso, mas este eu mesmo fiz: cada pequena engrenagem — disse, girando um globo com um dedo cuidadoso e ajustando a posição do outro. Acendeu uma vela, que lançou um brilho escarlate no modelo. — Veja, o planeta vermelho converge com a lua uma vez a cada treze anos. Este é o *único* momento em que um novo lobisomem pode ser criado. — Com um golpe de seu pulso, a lâmpada explodiu. Todos pestanejaram ao som.

Solomon sorriu aquele seu risinho forçado.

— Durante a semana da lua de sangue, o lobisomem pode passar sua maldição com uma única mordida. Mesmo durante o dia...

— Perdoe-me, mas o senhor está errado. — O Bailio parecia satisfeito. — A luz solar faz um lobisomem virar humano...

— Não, é você que está errado — Solomon respondeu, encontrando os olhares dos homens que haviam arriscado suas vidas nas cavernas. Os olhos de Father Auguste brilhavam.

O Bailio mudou sua postura.

— Um lobisomem nunca é verdadeiramente *humano*, não importa a sua aparência. Durante a lua cheia normal, uma mordida de Lobo vai te matar. Mas durante os dias da lua de sangue, suas *almas* correm perigo.

A sala gelou.

— Por quanto tempo, exatamente?

— Quatro dias.

"Faltam duas noites", Valerie pensou. "Amanhã será o último dia".

— Como eu disse — o Bailio interrompeu autoritariamente, sorrindo, com seu rosto largo repuxando para os lados. —, nada disso importa. Estamos seguros agora. O Lobo está morto. Eu mesmo o matei no seu covil, a caverna no monte Grimmoor. — Ele começou a se virar, na esperança de que aquilo seria o fim.

Solomon olhou para ele como se ele fosse uma criança. Os aldeões não tinham certeza de qual patriarca deveria receber o seu apoio.

— Vocês foram enganados por essa besta — Solomon estalava os dedos sistematicamente. — desde o início. Muito provavelmente atraiu um lobo faminto até a caverna e o prendeu lá para vocês o encontrarem. Ele os enganou, fazendo vocês pensarem que ele habitava o monte Grimmoor para que não fossem procurá-lo no lugar mais óbvio.

Ele fez uma pausa, deixando-os compreender a sua própria tolice.

— O Lobo vive bem aqui. Nesta aldeia. — Ele olhou para os aldeões. — Entre vocês. É *um de vocês.*

A partir de uma das extremidades da multidão, ele encontrou os olhares de cada aldeão do grupo. O arqueiro mascarado esquadrinhou a multidão ao lado dele, com sua besta pendurada nas costas.

— O verdadeiro assassino poderia ser seu vizinho. Seu melhor amigo. Até mesmo sua mulher. — Seus olhos eram como gemas preciosas lapidadas.

Valerie viu os homens se lembrarem da caverna. Quem estava faltando? Era impossível saber em meio ao caos da escuridão.

Seus olhos cruzaram com os da senhora Lazar, de Peter, de seus pais. Ela começou a repetir, em sua mente, as histórias de seus amigos sobre o que acontecera no acampamento. Como era possível que elas tivessem perdido Lucie de vista? Algum deles a agarrara pelas costas e a arrastara para longe no escuro... ou escrevera um bilhete para atraí-la?

Seu olhar desconfiado pousou sobre as pessoas que ela conhecera a vida inteira. Então percebeu que eles estavam olhando diretamente para ela.

— Bloqueiem a aldeia — ordenou Father Solomon. — Coloquem homens em cada portão ao longo da muralha da cidade. Ninguém sai até matarmos o Lobo.

O Bailio esfregou os dentes com a língua.

— O Lobo está morto — ele rosnou. — Hoje nós *comemoramos*.

Solomon o encarou com os olhos acesos como fogo.

— Vá em frente e comemore — ele disse, erguendo as mãos como só um homem que estava acostumado a ser ouvido poderia fazer. — Vamos ver quem está certo.

Ele se virou e saiu da taberna a passos largos.

Father Solomon caminhava rápido, e Valerie teve de correr para alcançá-lo. Ela parou, porém, quando as costas dele se enrijeceram e sua mão buscou a espada. *Não era possível se aproximar daquele homem assim, de repente.*

Ele se virou, e a ameaça escoou-se de seus olhos.

— Sinto muito — disse ela.

— Não, não. O que é, filha?

— Eu preciso saber... a minha irmã...

— Sim?

— Por quê? Por que o lobo esperou até agora para atacar? E por que ela?

— Só o diabo sabe.

Ele pôde ver que ela não estava satisfeita, e que não era uma menina simplória de aldeia que poderia ser impedida por lugares-comuns religiosos.

— Vá falar com o meu escriba. Ele pode mostrar coisas que a ajudarão a compreender o incompreensível.

Ela ficou para trás quando ele retomou a caminhada.

— O incompreensível, sim. — Uma voz desconhecida chegou até ela. — Compreender, provavelmente não.

Ela se virou; o escriba, que vinha acompanhando Solomon, parou e estendeu um volume encadernado em couro. Seu maxilar inferior era bem saliente, e o rosto, amável. Valerie examinou o fecho do livro. Parecia que era feito de cascos de cavalo — e talvez fosse. Ela não perguntou.

Abriu o livro com um ruído. As imagens eram belos desenhos a lápis das criaturas que Father Solomon e os seus homens haviam matado.

O escriba colocou os óculos sobre o nariz. Uma caligrafia habilidosa atravessava constantemente as páginas.

— Este é Obour; ele sobrevive se alimentando de sangue e leite e despedaça os úberes das vacas no meio da noite. — O escriba tinha uma voz sussurrada, sibilante. — Você não vai querer encontrar um desses na sua despensa.

Ela folheou, observando as linhas cuidadosas e elegantes, as superfícies das páginas manchadas de grafite por terem sido tocadas e viradas muitas vezes. Correu seus próprios dedos com cautela sobre as imagens fantásticas.

— Que lindo, não?

— Sim.

— São coisas que assombram seus sonhos.

As páginas eram de pergaminho, com iluminuras vermelhas e azuis cercadas por ouro florido, e descreviam criaturas estranhas com cabeças de corvo, monstros marinhos com corpos de lagartos e rostos de homens empoleirados em letras enormes, soltando fumaça vermelha. Não conseguia acreditar que fossem reais.

Seu coração, porém, travou quando seus olhos caíram sobre uma imagem enorme de um lobisomem bípede. Pensou na doce Lucie e fechou o livro, incapaz de continuar olhando.

15

"O que resta de minha irmã em breve não existirá mais", pensou Valerie enquanto descia o caminho em declive para o rio. Era fim de tarde agora, e Cesaire segurava uma das extremidades da jangada estreita com o corpo de Lucie; Valerie e Suzette seguravam a outra. Chegaram à margem, onde a terra era muito mole e se parecia com cinzas escondidas sob a neve. Ligeiramente, marcas suaves de pés e patas que precederam as deles foram espalhadas.

Eles viram que os Lazar — o que restava deles — já estavam lá, mantendo a vigília do corpo de Adrien, deitado em sua própria jangada. A senhora Lazar estava totalmente ereta; era como se a idosa mulher se recusasse a se curvar. Henry estava atrás dela.

Ambos fizeram ligeira reverência quando Valerie e sua família se aproximaram. Henry ergueu as sobrancelhas para Valerie, desculpando-se em silêncio pela maneira como agira na forja. Colocaram a jangada de Lucie ao lado da de Adrien. Tal visão fez Valerie olhar para a mãe, mas Suzette estava perdida em sua dupla dor muda.

Cesaire se agachou e começou a preparar as duas tochas: produziu faíscas com o sílex e avaliou o rio.

Valerie não pôde deixar de sentir quanto a tristeza de seu pai era insuportável. Ela ficou para trás, perto do bosque. Uma árvore enorme havia sido derrubada na ventania da noite anterior, e suas raízes voltadas para cima agarravam o ar em busca de seu solo perdido.

Cesaire ergueu o olhar; as tochas estavam prontas.

Henry desceu a ribanceira irregular e recebeu a tocha. Antes que pudesse pensar demais a respeito, ele a lançou sobre a jangada de Adrien e empurrou o caixão flutuante no rio, que ondulava como seda cor de fumaça. Seu vaivém batia sempre nos mesmos sulcos e reentrâncias, de modo que ele parecia estar em um momento exatamente igual ao próximo. Parecia que a água não se movimentava. Ela apagaria as chamas, mas somente depois que o fogo já tivesse consumido o que fora convocado para fazer.

Henry foi até a Avó quando as chamas tomaram conta da jangada; ficou ao seu lado, rolando uma pedra para trás e para frente com o pé. A senhora Lazar cerrou as pálpebras como se fossem cortinas, e Valerie pôde ver suas lágrimas ameaçando transbordar. Por um instante, ela era apenas uma mãe que amava o filho.

Valerie sentiu que vislumbrava o coração pétreo da mulher idosa.

Valerie não conseguia imaginar a senhora Lazar como uma jovem, dependente de outra pessoa. Era difícil acreditar que ela compartilhava necessidades tão humanas quanto dormir ou comer. E, no entanto, a mulher não era tão ruim assim. Valerie, que havia explorado todos os lugares, sabia que, secretamente, a mulher deixava tigelas de leite para cães vadios.

Em meio à névoa da tristeza, os cinco enlutados ouviram o som de pés se arrastando sobre os seixos. Era Claude que viera prestar suas homenagens a Lucie. Vendo o olhar de Valerie, desceu o barranco. Lidava com aquilo da melhor maneira que podia. Claude acreditava em muita coisa; mesmo assim, antes daquele dia, não acreditava no mal. Fora preciso ver Lucie morta no campo de trigo para convencê-lo.

O mal estava por toda parte.

A senhora Lazar fungou e se afastou do intruso, mas Valerie ofereceu a Claude um sorriso discreto. Ela não se importava por ele ter vindo se juntar à família em seu sofrimento.

Cesaire, vendo que a jangada de Adrien estava bem longe no rio, adiantou-se. Valerie balançou a cabeça. *Só mais um momento.*

Observou a irmã pela última vez – sua carne, aqueles pés pequenos que não pareciam prontos para desaparecer para sempre. Olhou e tentou dizer adeus.

Mas dizer adeus não era fácil.

Suzette aproximou-se da jangada, tremendo com as lágrimas. "As mães não deveriam viver mais que seus filhos", pensou Valerie. "A natureza deveria ter uma lei contra isso".

Buscando primeiro por permissão, Cesaire tocou a tocha na borda da jangada. Assim que o fogo pegou, ele a entregou ao rio.

Suzette andou sem rumo atrás dele – longe o suficiente para ficar claro que eles não estavam sofrendo separadamente, mas tampouco juntos.

Valerie sentiu um toque e virou-se instintivamente para o peito de Henry. Um local calmo. Sentiu um braço à sua volta e percebeu que estava chorando e molhando a gola de couro dele com suas lágrimas. Quando voltou a olhar, a senhora Lazar havia desaparecido.

Quando as chamas diminuíram de encontro ao rio, Valerie afastou-se do abrigo do corpo de Henry. Não queria ir até a mãe, nem sentia que deveria ir até o pai. Então caminhou pela margem do rio; a superfície era marmorizada como uma massa não misturada. Agora, sua irmã era água — fria e límpida. Encontrou um lugar onde o rio batia suavemente na margem, onde algumas plantas se erguiam em meio à neve. Como era possível que as plantas ainda crescessem? Ela se sentou, deixando a correnteza fria e cortante bater nela enquanto corria sobre seus pés, lavando-os, até que Claude a chamou; o vento levava a sua voz.

Voltando-se, viu sua mãe observando as duas jangadas, perguntando-se por que ela não havia sido levada também.

Lucie partira – agora não havia nenhuma dúvida sobre isso.

Valerie e os pais caminharam juntos para casa, seguindo a fila de árvores escuras ao longo da muralha da aldeia. Entrando por uma barricada reforçada, passaram sob os olhares implacáveis dos soldados de Father Solomon, que patrulhavam a cavalo. Os soldados comiam enquanto observavam com as armas penduradas em seus corpos. Com o canto da boca, davam mordidas em enormes filões de pão ou viravam canecas de cerveja em dois grandes goles — mas não tiraram os olhos da família.

A barricada recém-erguida era assustadora; ela significava que agora o mundo era apenas a aldeia contra o Lobo. Porém, ela assustava Valerie por um motivo que tinha medo de admitir até para si mesma.

A barricada significava que ficaria presa lá dentro.

Para ela, nem importava quem o Lobo era, percebeu em um momento de lucidez. O que importava era que havia um lado de fora, e que ela não fazia parte dele. Sentiu como se estivesse descendo ao fundo de um poço e que alguém no topo estivesse fechando a tampa.

Através da escuridão, a família de três membros ouviu um barulho ensurdecedor, e então algo saltou dos arbustos até eles, surreal e aterrorizador.

Era um lobo com cara de homem.

16

O homem dentro da fantasia de lobo abalou os nervos já maltratados de Valerie. Ela quase esquecera que a "comemoração" do Bailio ainda acontecia. Vagando pela praça com os sentidos aguçados, sentiu olhos a observando. Atemorizada, olhou para a esquerda e viu que eles pertenciam a uma cabeça de javali transportada sobre uma travessa de estanho. Ele tinha uma maçã corada em sua boca e uvas no lugar dos olhos, o que lhe dava um olhar distante.

A efígie altaneira do Lobo havia sido construída a partir de uma pirâmide de raízes, galhos afiados e detritos. Ela queimava na outra extremidade da praça, vomitando fagulhas de sua boca enegrecida. A lua de sangue pendia madura no céu vazio.

Um palco fora montado a partir de algumas tábuas, sobre o qual o pastor de cabras e alguns lenhadores giravam a manivela de realejos e dedilhavam alaúdes. Simon, o alfaiate, tinha as mãos sobre uma gaita de fole; o traste chiava estridente e alto como um animal moribundo. Os músicos sopravam suas cornetas o mais forte que conseguiam, ficando sem fôlego e tragando mais ar antes de começarem novamente.

Apesar de toda a comida de aparência deliciosa, o cheiro de lixo podre e do suor dos homens ainda enchia a praça. Valerie sentiu o estômago revirar.

Procurou Solomon e os seus homens, mas não os viu. Havia notado o seu acampamento montado no celeiro expandido atrás do armazém e imaginou que eles deveriam estar enfurnados lá naquela hora, recusando-se a participar.

Todo mundo parecia estar comemorando o máximo possível para se convencer de que deviam mesmo estar celebrando. Eles dançavam, frenéticos e selvagens, para se esquecerem de tudo durante o momento de agitação. Alguns homens, respeitáveis durante o dia, movimentavam-se de quatro com dificuldade, arruinando as calças na neve. Uma mulher tropeçou na lama diante de Valerie, mas antes que pudesse ajudá-la a se levantar, ela já havia sido puxada para uma dança. Homens de rostos afogueados balançavam suas esposas corpulentas, admirando suas curvas a distância de um braço, com as mãos unidas sobre a cabeça. Irmãs dançavam com seus irmãos mais novos, mas mantinham seu olhar fixo nos garotos do outro lado do tablado. As vozes ricocheteavam pela praça, fazendo parecer que havia mais centenas de pessoas por lá.

Cercada por todos que conhecia, Valerie se sentiu completamente sozinha.

Suzette manteve os olhos baixos e se misturou na multidão sem uma palavra. Valerie viu o Bailio, com sua careca reluzente de suor, dominando a cena em uma mesa comprida montada diante da taberna. Ele acenou para ela se juntar a eles, mas ela o ignorou com puro desprezo. Foi difícil, no entanto, manter seu senso de indignação amargurada. Havia muitas pessoas tomadas pelo delírio da comemoração para jogar a culpa em uma pessoa em particular. Era cansativo manter-se de luto. Valerie desistiu.

Seu pai, já pendurado de forma descuidada em um galho, soprou rápido e forte um chifre de boi, sinalizando inutilmente o início do festival que as pessoas já iniciaram. A corneta soou longa e grave, como alguém assoando o nariz.

— Ei! Ei! Todo mundo!

Valerie e as pessoas próximas se viraram para a voz estridente. Marguerite havia virado um balde enferrujado de cabeça para baixo a fim de aumentar sua própria altura e gritava para atrair a atenção, erguendo os braços acima da cabeça:

— Silêncio, todos! — O pretenso pódio repousava sobre uma inclinação e começou a ceder para trás. Henry o segurou para estabilizar a garçonete antes que ela caísse.

Aqueles que se encontravam nas extremidades da mesa continuaram a conversar – porque não a ouviram ou porque não se preocupavam em ouvir. Marguerite ergueu uma caneca de estanho.

— Para o Bailio! — Então, ao notar que havia conseguido a atenção de todos, ela acrescentou: — Por, ahn, sua bravura, coragem e destemor.

Valerie perguntou-se se ela diria algo mais. Parecia que a própria Marguerite não tinha certeza do que diria em primeiro lugar.

— E por... ter matado aquele Lobo bem morto, deixado ele inerte como os pregos que o pequeno Henry faz tão bem.

Henry sorriu, tentando manter seu semblante polido.

— Embora ele não seja mais tão pequeno. — Marguerite piscou para ele, balançando os quadris para dar ênfase. Embora os dois estivessem mais que ruborizados, Claude e Roxanne, parados graciosamente juntos em um canto, não disseram nada. Aquela não era a primeira vez que sua mãe os envergonhava. Valerie lançou a Roxanne um olhar solidário.

Valerie ficou atrás na multidão. Sentimentos de dor e medo inundavam os aldeões e, misturados com a raiva, faziam com que eles se sentissem invencíveis e selvagens. O cair da noite sempre os fazia se sentirem imunes à lei.

Um fabricante de velas, sentado na borda do poço, chutava a água com os pés, encharcando os músicos. O tocador de alaúde deu uma espiada no seu buraco de seu instrumento.

Prudence caminhou até Valerie com a barra da saia cinza presa nas mãos enquanto dançava.

— Estou tão feliz por você ter vindo! — gritou acima do barulho, deixando os cabelos castanhos balançar de um lado para o outro. Valerie esperava que isso significasse que estava perdoada por estar comprometida com Henry. Decidiu confidenciar sua preocupação com a amiga.

— Prudence, o Lobo não se foi, não é? — Valerie perguntou; a voz soava oca em seus ouvidos ao fazer a pergunta que queimava e morria na garganta de todos como um fogo de artifício já usado.

Prudence parou de dançar e soltou a saia.

— Por que você está dizendo isso? — Ela fez uma careta. — Você ouviu o Bailio.

— Mas o Father Solomon...

— Os homens sabem o que estão fazendo. Agora, vem cá!

Valerie viu o cabelo vermelho de Claude destacando-se na turba rodopiante. Desejava que ele pudesse se divertir um pouco após os acontecimentos do dia anterior.

Vendo que Valerie o observava, tentou uma jiga[2] animada, chutando com as pernas em ângulos estranhos para fazê-la rir. Ela forçou um sorriso para ele. No entanto, sem perceber seu próprio tamanho, a dança o lançou contra um grupo de mulheres rabugentas, que tiveram de se afastar de seu caminho com relutância. Claude

---

[2] Antiga dança popular muito animada. (N.E.)

sorria alegremente para elas quando um adolescente, William, correu até ele e lhe apanhou o chapéu da cabeça.

— Quem tem medo do lobo mau? — William gritou em zombaria inocente.

— *Pare!* — Valerie gritou; mas o garoto já corria bem longe, na direção contrária.

Claude correu atrás dele, perseguindo-o em volta do poço; ele escorregou na lama ao tentar segui-lo. Roxanne, que nunca o perdia de vista por muito tempo, correu até ele, encolhendo delicadamente os ombros para Valerie enquanto consolava o irmão.

Para quem todos fingiam? Valerie se perguntou. Próximo à efígie do Lobo, uma dupla de idiotas atirava móveis quebrados na fogueira. A multidão gritou de alegria quando alguém levantou o sinal de lua cheia do altar do Lobo acima da cabeça e o atirou contra o fogo.

Ela viu que Henry Lazar vinha na sua direção pela borda da praça. Pensou no conforto que havia sentido com ele mais cedo e, estranhamente, não sentiu nenhuma vontade de evitá-lo.

— Henry — ela disse, sentindo o vínculo do luto.

— Isso tudo parece tão errado. Eles mal foram colocados em seus túmulos. — Henry falou. Inspecionando a multidão barulhenta, Valerie ficou horrorizada ao ver Rose rebolando para Peter, girando seus largos quadris de forma sedutora. Ele a mantinha perto de si, segurando-a contra o seu peito enquanto juntos balançavam os ombros harmonicamente.

— Não — respondeu Valerie de repente, discordando de Henry; a compaixão que sentia por ele inexplicavelmente atingia o seu limite. — Deixe que eles comemorem.

— Não parece ser a hora agora — ele balançou a cabeça.

De repente, ao sentir a profundidade da sua própria dor, ela quis magoá-lo.

— Você ouviu o Bailio. O Lobo está morto. Vamos todos retomar nossas vidas.

Naquele exato momento, ela se odiou. Ele havia manifestado exatamente o que ela sentia, e ela o atacara por isso. Valerie não se sentia em seu juízo perfeito.

Virou-se para pedir desculpas, mas ele já havia desaparecido.

William passou correndo, usando o chapéu de Claude. Valerie viu que Claude hesitava mais uma vez ao redor da praça, ainda envergonhado e sem saber o que fazer. Havia sido uma noite difícil para ele. Ela foi até ele.

— William é um idiota. Vamos conseguir o seu chapéu de volta.

Esforçando-se para não parecer infantil, não conseguiu deixar de gaguejar:

— Foi m-minha irmã que fez.

Valerie deu um tapinha em seu braço e tentou localizar William por toda parte — menos por onde Peter estava. Ela dirigiu os olhos para o fogo. Quanto mais alta a música, mais alto as chamas se erguiam no céu noturno. Em seguida, Valerie viu que seu pai havia escorregado na lama e não conseguia se levantar. Uma menina pulou por cima dele, e as fitas de suas botas esfolaram rudemente seu rosto.

— Desculpe, Claude.

Quando ela se aproximou, viu que um homem em uma fantasia esfarrapada de lobo estava sobre Cesaire, batendo nele com sua cauda achatada e soprando em seu rosto.

— Eu vou soprar e soprar e...

— Deixe-o em paz! — Valerie gritou.

Visto que ele nada fez, Valerie correu, pegou um feixe de lenha e golpeou-o ferozmente. Algumas mulheres calaram seus insultos e recuaram impressionadas.

— Eu disse *saia*! — gritou muito alto, sobrepondo a música. O homem saiu em disparada de volta para a multidão barulhenta.

— Você arrebentou os meus tímpanos! — Cesaire riu do chão, com o rosto recostado na lama e aparentemente sem saber o que havia acontecido. Ele claramente encarara a noite como uma ocasião para beber o que pudesse tanto quanto pudesse até ficar embriagado demais para colocar as mãos em qualquer outra coisa.

— Eu estou falando sério! — Normalmente, Valerie aturava sua farra. Mas hoje não conseguia fazê-lo. Com toda a atenção dirigida para a sua família, queria deixá-lo seguro em casa. Naquele momento, Valerie sentiu mais que nunca a perda de Lucie; ela teria ajudado a cuidar de seu pai.

Valerie viu, envergonhada, que ele estava deitado na poça de seu próprio vômito.

— Papai...

— Já vou indo, já estou me levantando.

Ele conseguiu se sentar, mas não pôde ir além disso.

— Acho que lasquei um pedaço de dente — Cesaire observou de seu assento, esfregando o rosto.

Valerie ajudou-o a se erguer sobre os pés instáveis. Ele estava bêbado e tentava com esforço. Ela segurou suas mãos enquanto ele oscilava para trás e para frente, tentando equilibrar o seu peso.

— As coisas que parecem tão fáceis de dia...

Valerie o deixou se apoiar nela enquanto o arrastava para longe da multidão e o guiava na direção de casa.

Ele olhou para a camisa, para o vômito.

— É só limpar isso e estarei pronto para ver o rei. — ele murmurou, tentando bater de leve na camisa.

Passaram por um grupo de adolescentes.

— A mulher barbada desmaiou? — um adolescente gritou com a voz alegre.

— Donzela em apuros! — cantou outra.

Valerie contraiu os dentes. Ela sentiu o peso de seu pai como uma pedra em volta do pescoço.

— Não ligue para eles, Valerie — Cesaire murmurou.

Enquanto ele oscilava ao lado dela, Valerie se sentiu constrangida por sentir vergonha dele. Sabia que ele tinha consciência disso e que isso o magoava.

— Você é minha boa menina — ele revelou, com os olhos marejados, frágil em seu estado de embriaguez.

Tentou dar tapinhas nela com o braço livre, mas não conseguiu.

Ele se virou, e desta vez conseguiu encontrar a cabeça de Valerie. Ela sabia que ele precisava ficar longe da confusão infernal do festival, uma celebração que ocorria apesar da morte de sua filha.

Ele olhou em volta, se perguntando onde estava a casa, encontrando-a. Livrou-se dela.

— ... Volte lá e se divirta — ordenou. Era toda a sabedoria paterna que ele conseguiu reunir. E sem nada mais além de um olhar na direção dela, seguiu adiante aos tropeços, como se talvez tivesse de descansar sob a casa antes de tentar subir a escada.

Tomando o caminho de volta para a praça, Valerie viu duas menininhas de braços dados, cautelosas para não se perderem uma da outra no meio da multidão. Pensou em um festival em que sua família havia ido quando ela e Lucie eram pequenas, rodopiando nos braços de seu pai e em, mais tarde, sua mãe se agachando para dar pedacinhos de carne do tamanho exato em suas bocas, como se elas fossem bebês de passarinho.

— Eu gostaria de conseguir me sentir tão livre quanto Rose. — Prudence veio dançando até ela, gritando acima da música, mantendo a postura perfeita mesmo enquanto dançava.

Já sabendo ao que ela se referia, Valerie se virou apreensiva para ver Peter e Rose. Ela estava perto dele e envolvia o seu pescoço com as mãos. Ele ergueu as mãos para o seu rosto e enfiou a mão no cabelo escuro, semelhante ao seu – o que, de algum modo, era mais íntimo, uma traição mais profunda, do que seja lá o que seus corpos estivessem fazendo. A banda tocava, gritando e zombando de vez em quando do par, o que era apenas combustível para Rose rebolar ainda mais. Peter mantinha a cabeça baixa. Ela sentia que Rose estava a punindo por Henry – pelo que sequer havia sido escolha de Valerie.

Valerie desejou que os dois morressem. Não conseguia decidir qual deles odiava mais, Peter ou Rose. Sua visão se turvou enquanto os observava.

— Você está bem? — Prudence perguntou, com a mão nas costas de Valerie.

— Estou.

— Eu me pergunto se não deveríamos impedi-la. Ela está arruinando o que resta de sua reputação ao dançar com *ele*. — Prudence empurrou uma mecha de cabelo castanho para trás da orelha.

Valerie percebeu que a fogueira aumentara. As chamas subiam alto e projetavam sombras alongadas que dançavam pelo chão.

— Não! — ela respondeu, com tristeza. — Deixe que ela faça o que quer.

Então, um vidraceiro passou bebendo cerveja, quase irreconhecível sob o monte de folhas coladas em seu rosto.

Valerie pegou o frasco do homem e, inclinando-se para trás, deixou o líquido ardente encontrar a ponta de sua língua como uma onda. Deixou todo o conteúdo do frasco queimar o fundo de sua garganta. Erguendo os olhos, Valerie sentiu que nadava pelo ar. Agarrou Prudence e a puxou para uma dança selvagem; as duas garotas eram iluminadas pelas chamas, em êxtase.

Elas se inclinaram para frente, mantendo as suas pernas afastadas. De frente uma para a outra, mergulharam por baixo, deixando seus longos cabelos girarem em torno delas quando voltaram para cima. Dois passos para a frente, um passo para trás. Então, três passos adiante, de modo que elas ficaram olhos nos olhos, peito a peito. Sem nunca ter dado muita atenção ao seu corpo, Valerie era mais livre que Prudence e as outras meninas, e se sacudia como se estivesse possuída por um espírito poderoso.

Valerie e Prudence não pensaram sobre o lado para o qual deveriam girar, ou sobre o lado que a outra giraria. Elas apenas agiam, e funcionava. Com os membros soltos, giravam em círculos arrebatadores, levantavam as saias, e suas mãos flutuavam ao encontro das da outra. Olharam uma para a outra, e seus olhos brilhavam com segredos. Valerie sentiu-se empolgada com a comunhão que ela e sua amiga compartilhavam.

Enquanto isso, Peter pairava sobre Rose, seu corpo repousando no dela; enquanto ela balançava sua saia, mostrava suas pernas. Embora Valerie e Peter estivessem dançando de forma diferente e seus corpos se movimentassem de maneira diversa, ambos executavam a mesma dança. Era uma dança de ciúmes antiga como a raça humana.

Capturando olhares que passavam em meio aos corpos em movimento de um casal que dançava entre eles, Valerie observou que Peter a olhava, embora ambos fingissem que não. A energia fluía entre eles, carregada pelas linhas de visão que asseguravam que nunca se encontrassem.

Bam!

Sem Valerie perceber, Henry veio cambaleando em direção a ela com a cerveja derramando para fora da sua caneca — obviamente a mais recente de uma longa sequência de bebidas. Peter movimentou-se de forma protetora para bloquear a passagem de Henry.

Ela sentiu um pouco de satisfação por Peter estar tão ligado nela quanto ela esteve nele.

Tentando muito entender o sentido das coisas através de sua falta de clareza decorrente da embriaguez, Henry finalmente percebeu que havia sido Peter. Ele se virou, respirando pesado e avançando direto para o seu rival, empurrando para fora do caminho um trio de bêbados mascarados de porcos.

Ao ver o olhar selvagem nos olhos de Henry enquanto ele arremetia, Rose afastou-se para o lado para se agarrar a Prudence. Henry empurrou Peter forte o suficiente para que ele cambaleasse para trás.

— Calma, amigo — Peter falou, recuperando o equilíbrio e entendendo rapidamente a condição em que Henry estava.

— *Amigo*? Você nos deixou nas cavernas. — Os músculos de Henry se enrijeceram.

Peter recuou com cautela. Henry não parecia o mesmo.

— Parece que alguém não consegue lidar com a bebida. — observou Peter, porém não prosseguiu, sentindo que Valerie poderia estar pensando em seu pai.

— E agora — Henry continuou no seu próprio rumo, aproximando-se para encontrá-lo, com o cheiro do álcool no hálito — meu pai também está *morto*.

Valerie aproximou-se de Henry.

— Por favor, não faça isso — disse ela, interferindo — Não vale a pena.

Henry a empurrou, sem perceber a própria força, o que a derrubou. Peter agarrou o braço de Henry e o torceu. Excedendo-se, Henry recuou o punho e acertou um soco no olho de Peter. A multidão riu ao ver Peter se estatelar com força no chão.

Henry subiu em cima dele, segurou-o pelo colarinho e forçou Peter a encará-lo como ele nunca havia feito. Olhou nos olhos do homem que queria culpar pela morte de seus pais; isso era um refúgio do terrível pensamento de que tudo poderia estar perdido por um simples capricho do destino.

— Você é imundo — Ele cuspiu.

Isso realmente fez os aldeões rirem. Mas Peter não riu. Ele puxou uma faca da bota e saltou, empurrando-a maldosamente na direção do rosto de Henry.

— Tire suas mãos dela ou eu vou cortá-las. — A faca tremeu diante de Henry; a centímetros de seu rosto, Peter parecia ser capaz de cortá-las de qualquer maneira.

Henry, pronto para enfrentá-lo, não parecia ter medo.

— Peter, por favor... — Valerie disse suavemente. Henry estava em busca de uma briga de moleques, mas Peter, ela sabia, queria sangue.

A voz de Valerie travou quando tomou consciência da beleza feroz daquilo, de ser tão amada. Ela vibrou de culpa e orgulho, da ideia de seu próprio poder, da ideia de ser amada tão impetuosamente.

Ao ouvir sua voz, Peter se afastou lentamente, mas parou para apontar a faca para Henry mais uma vez.

— Você *vai se arrepender* por isso. — Então, ele desapareceu da praça.

Henry emudeceu quando Valerie olhou para ele com decepção, por um momento, antes de se virar e correr atrás de Peter.

Ela o seguiu até o abrigo escuro de um beco. O espaço fechado amortecia o barulho do festival a um murmúrio.

Peter esperava recostado numa parede, com o peito arfante e os olhos selvagens e perigosos.

— Me deixe em paz!

Mas ela se sentia muito poderosa para isso. Não faria o que mandavam.

— Você está sangrando — Estendeu a mão para tocar carinhosamente o seu olho.

— E daí? — ele respondeu, empurrando a mão dela com aspereza. — Meu Deus, Valerie. Qual é sua? O que eu tenho que fazer para você parar?

Valerie não aceitaria um não como resposta porque sabia como um sim seria maravilhoso. Embora anteriormente Valerie tivesse prometido negar seus sentimentos por ele, não podia negar que o que sentia agora era tão real. Tomou consciência da bebida correndo dentro dela, carregando-a em sua maré.

— Peter — ela começou. Ele olhou para ela, e ela pôde ver a dor em seus olhos. —, eu te amo — disse de própria vontade. Com Peter, ela estava despida; ele conseguia tirar tudo dela.

Ele não sabia o que dizer. Seus olhos cintilavam, brilhantes e ardentes. Apenas a deixou vê-los por um instante antes de se afastar. Ele soltou um suspiro entrecortado.

— O que você estava fazendo com a Rose, afinal? — ela perguntou, exigindo demais dele.

Peter ficou sombrio novamente. Virou as costas para ela, deu um passo adiante para dentro do beco e disse com voz mortificada:

— Eu não tenho que gostar dela para conseguir o que quero.

— Não acredito em você — Valerie respondeu, alcançando o rosto dele de novo. Peter afastou-se dela. — Você está mentindo.

Valerie queria tanto tocá-lo, sentir a batida do seu coração, saber que estava lá, que este era o seu Peter. Antes que pudesse detê-la, ela colocou rapidamente o braço ao redor dele por trás e colocou a mão em seu peito. Então disse:

— Seu coração bate tão rápido... Eu sei que você sente da mesma maneira.

Virando-se, ele segurou o bracelete que Henry havia lhe dado. Ela não o deixou pegá-lo.

— Valerie, você sabe que eu não posso te dar algo assim. Não posso agora e nunca poderei.

— Você acha que eu me preocupo com dinheiro?

— Valerie — ele disse, dando-lhe outra chance para voltar atrás. —, eu sou a pessoa errada para você.

— E daí?

Ele finalmente se virou para encará-la, sem ousar acreditar; de repente, ela se viu beijando-o rapidamente nos lábios macios e grossos. Ele hesitou, lutando contra a sua promessa para a mãe dela, mas quando Valerie colocou seus braços frios ao redor dele, com seus dedos se enroscando nos cabelos dele, não conseguiu reagir. Permaneceu trêmulo, como uma árvore sendo derrubada em seu ponto de ruptura. Aquele beijo era o último golpe, o impacto final, e finalmente ele cedeu, derrotado.

Seus dedos, ásperos pelo trabalho, acariciaram o rosto dela enquanto eles respiravam juntos.

— Eu estive faminto por você por tanto tempo. — Ele cheirou os seus longos cabelos de seda de milho, penteando-os com os dedos.

Porém, logo em seguida Valerie sentiu aquele mesmo olhar que observara no festival: os olhos de uva, o peso de estar sendo observada. Ela ouviu algo se movimentar na boca do beco. Desta vez, não era a cabeça de um javali.

— Peter, você ouviu isso?

Ele nem se incomodou em responder. Movimentou suas mãos quentes para erguê-la, levá-la para o celeiro próximo, subir as escadas e depois pressioná-la contra a aspereza da parede, e Valerie se esqueceu de tudo...

— Melhor assim? — ele conseguiu dizer.

Valerie não conseguia responder. Ela sentia cada centímetro do corpo dele pressionando o dela enquanto ele passava levemente as mãos por sua cintura. Suas mãos procuravam os laços do corpete. Encontrando-os, ele os puxou até se soltarem.

O rosto de Peter não era liso, e suas mãos não eram macias.

— Peter... — Sua mão perambulava, e então descansou no alto da coxa dele. Ela estava lá e ele estava lá, e seu corpo pressionava o dela com força. Queria carimbar o seu corpo no dele para sempre, para sentir a impressão. As roupas dele, as dela, tudo o que estava entre eles de repente pareceu insuportável; ela ansiava por tocá-lo, realmente tocá-lo com suas mãos e seu ser e tudo o mais.

Peter a fez deitar no forro de palha do sótão do celeiro. Valerie olhou para o interior alto e sombrio do domo. Era vertiginoso como estar dentro das câmaras de painéis de um caleidoscópio de carvalho.

A respiração dele era irregular e desigual contra o pescoço dela. O calor reverberava pelo corpo dela como uma inundação solta. Valerie teve de se lembrar de respirar.

Ele abriu a blusa dela, que havia se soltado de dentro da saia. Dedos ásperos atravessaram sua pele quando as mãos dele abriram caminho para dentro. Era demais, percebeu. Suspirou, pensando que tinha de escapar daquilo, despreparada para a intensidade do desejo dele, quando um barulho soou lá embaixo.

Eles se separaram.

— Rápido! — Peter falou, levantando-a e conduzindo-a para trás de um pilar, de modo que somente ele era visível para o intruso.

— Peter! — alguém chamou.

Ele olhou para baixo: dois lenhadores carregavam um barril em um carrinho de mão.

— Peter, você pode ajudar aqui, por favor?

Peter lançou um olhar desesperado para Valerie. Logo ela fez um sinal, incentivando para que ele fosse. Peter se inclinou e fingiu soltar uma pedrinha da bota enquanto Valerie sussurrava:

— A única vida que eu quero é com você — disse antes de puxá-lo para si e dar-lhe beijos explosivos, ardentes, um após o outro. Peter cambaleou, tocou seu rosto quente e saiu.

Reclinada contra o pilar, Valerie ainda sentia a marca quente e persistente da pele dele contra a sua. Havia sido esmagador, e ainda assim ela queria manter o momento aprisionado para sempre.

Sentiu novamente a sensação de estar sendo vigiada. Instintivamente, olhou para cima. Um corvo de olhos redondos e brilhantes, empoleirado no topo da torre, baixou seu olhar negro curioso, desdobrou as asas e alçou voo.

De trás de seu pilar, Henry Lazar viu Valerie sentir sua presença e olhar para cima. A vergonha o inundou como se fosse um líquido. Seus sentimentos foram cortados, picotados como um pedaço de fita. Ao observar Peter e ela, ele tentara sair, mas não conseguiu desviar o olhar. Em vez disso, ficou congelado, horrorizado, paralisado pela intensidade da cena infeliz e bela.

Manteve-se parado mais um pouco, retesou os músculos do queixo e se arrastou para longe.

17

Valerie esperou até que as vozes dos homens diminuíssem, enfraquecessem e desaparecessem totalmente. Só então se apoiou sobre os pés e saiu furtivamente pela porta lateral para voltar para a comemoração, contente por ir embora.

Não viu nenhum sinal de Peter. Uma fileira de pessoas era iluminada pelas chamas altas e rosadas que pulsavam no ritmo da música. Parecia que ninguém havia notado sua ausência – até mesmo Roxanne estava ocupada, assistindo admirada às pessoas que caminhavam sobre o fogo, girando, dando piruetas, andando sobre as palmas das mãos sobre as brasas e chutando os pés no ar. De repente, tudo ficou tão belo...

Carregada de ferocidade animal, Valerie sentiu que poderia fazer qualquer coisa. O dono da taberna andava com dificuldade, com um par de chifres de bode amarrado sob o queixo. Afastando o cabelo do rosto, ela rapidamente o prendeu em uma trança frouxa, as mãos trabalhando instintivamente. Em seguida, agarrou os chifres direto da cabeça dele e prendeu-os na sua própria cabeça.

Taças de metal estavam espalhadas sobre os fardos de feno empilhados; a cerveja escoava lentamente através dos feixes bem embalados e gotejava no fundo. Ao ouvir risos acima dela, Valerie ergueu o olhar. Alguns homens, sentados sobre uma árvore, despejavam suas bebidas, pelos espaços entre os galhos, nas pessoas que passavam embaixo. Uma das vítimas pensou em mostrar sua irritação, mas em vez disso decidiu rir. Alguém se embrenhou pelos arbustos, e uma alma corajosa foi atrás dele. Alguns camponeses bêbados golpeavam os galhos, e de vez em quando um grande desabava. As pessoas ouviam; no rumor da noite, contudo, sequer se preocupavam em olhar.

De repente, as brasas ardentes da fogueira representavam tudo pelo que Valerie passara: as perdas, os fracassos, os arrependimentos. A música martelava enquanto ela corria, passando por Roxanne e sobre as brasas vermelhas no chão. Enquanto dançava sobre as brasas, Valerie não tinha peso – existia apenas como movimento. Essa sensação terminou assim que ela tomou consciência do que havia começado a fazer; fugiu do carvão no chão e olhou para trás para o lugar onde ela havia estado.

Roxanne, seguindo-a, lançou-se na sua direção, gargalhando. Logo depois estavam nos braços uma da outra, girando e girando. Valerie não conseguia ver nada; sua visão revolta do mundo era condensada em um borrão. O que estava lá não era real. O que havia sido real fora a sensação das mãos de Peter, o peso de seu corpo e o toque de sua respiração.

Mas uma coisa rompeu tudo. Uma dupla de garotas que havia se inspirado em segui-las sobre as brasas era uma massa vertiginosa de cor; seus corpos dançavam por elas, revelando algo no beco que cortou o efeito borrado e prendeu a atenção de Valerie.

— Onde você estava, afinal? — Roxanne perguntou, absorta, engolindo ar.

Um par de olhos.

Valerie parou, empurrando Roxanne.

— Que é isso? Você sabe que eu estava te procurando.

Elas não se falaram por um momento, permitindo que o mundo parasse de girar. Roxanne esperava ansiosa por uma resposta. Mas Valerie estava em outro lugar, bem longe no tempo.

Ela tinha sete anos; uma menininha na floresta negra, paralisada de horror, presa por um par de olhos selvagens.

Olhos que a *viram*.

Não um tipo comum de olhar, mas um olhar de uma forma que ninguém nunca vira antes. Olhava através dela. Reconhecia-a.

O Lobo.

Ela sempre soube que esse dia chegaria. Sabia enquanto andava pela mediocridade de sua vida cotidiana, porém nunca se permitira pensar nisso. Mas sabia.

E aqui estava.

Primeiro veio um rosnado baixo, inaudível em meio ao tumulto da festividade. Mas foi como a gota d'água que dá início a um maremoto.

Com um rosnado e um salto de longo alcance, o Lobo já havia passado por Valerie e estava no centro da praça.

O Bailio, exibindo-se na mesa de honra, olhou de soslaio para a monstruosa forma escura diante dele; seu rosto franzia em uma tentativa de entendimento. Sua mente inundada pelo álcool lutava para reconhecer. Havia visto uma forma como aquela ontem mesmo, na caverna, mas este não poderia ser um lobo; a besta que o havia transformado em herói era um mero cãozinho comparada com esta... *coisa*.

Mas os olhos — os olhos amarelos incandescentes... sua negritude gigantesca... seu pelo esculpido pelos músculos por baixo...

Horrível.

O Bailio se levantou cambaleando; a mão buscava a faca em seu cinto de modo desajeitado, sabendo que todos estavam vendo.

A grande sombra preta correu na direção dele, rápida como uma flecha, e em um instante passou por ele. Mas um instante foi suficiente. O Bailio ficou imóvel enquanto uma linha escura se ampliava em sua garganta, e então caiu no chão. Em um momento ele estava sorrindo, exibindo-se em toda a sua glória; no seguinte, estava morto.

— Estamos sob ataque! — alguém pensou em gritar.

O pânico atravessou o vilarejo como uma tesoura cortando uma seda fina quando o Lobo passou pela praça. Correndo para fora do tablado, os aldeões desabaram dentro do poço. Garrafas foram atiradas, baldes de maçãs foram chutados e instrumentos foram abandonados e deixados balançando de lado com suas cordas ainda tremendo. Os homens não pararam para ajudar as mulheres que haviam caído na lama barrenta; logo, elas saíam de lá por conta própria, com as saias respingando presas nas mãos que estavam chocadas demais até mesmo para tremer.

Claude estava sozinho embaralhando suas cartas, ainda esperando que William lhe devolvesse o seu chapéu. Ao captar o terror, Claude correu disparadamente em pânico, fazendo as cartas voarem de suas mãos. Elas caíram lentamente, como pétalas, brilhando no chão de terra, e ele caiu de quatro, lutando por seu tesouro espalhado. Tinha de se levantar, ele sabia, mas também tinha consciência de que, se deixasse para trás até mesmo uma única carta, tudo que desse errado nunca seria corrigido, e que o erro se alastraria como um fungo até tomar conta do mundo inteiro.

Enquanto se arrastava para alcançar *A Torre*[3] por baixo de uma carroça, ele congelou. Do outro lado da

[3] Arcano XVI do tarô. (N.E.)

carroça, um homem era arrastado de costas; cabeça e membros, aos trancos como um saco de maçãs, batiam contra o chão enquanto o Lobo o arrastava pela neve. Assim que eles se foram, Claude pôde ver o que eles ocultavam: uma das costureiras da aldeia, que apenas dois meses atrás havia vencido o concurso de bordado com uma imagem de "O retorno do amante após a caçada" que sua agulha ágil havia recriado em um lenço de bolso feminino. Agora, ela estava caída na terra de forma lamentável; seu sangue vital jorrava quente, negro, com ímpeto.

Percebeu ali, de quatro como um cachorro, que nunca poderia conter a escuridão que se alastrava; sua vida era infinitamente pequena e, não importava o que ele fizesse, o baralho brilhante das cartas da vida estaria sempre espalhado e enterrado na sujeira de um mundo de sofrimento. Claude se agachou; seu corpo foi sufocado por um soluço.

Valerie estava no meio da loucura, em um lugar além do medo.

Por que todo mundo está correndo? O que a vida já lhes deu? De qualquer modo, eles pertenciam ao Lobo. E agora ele voltou para recolher o que sempre foi seu.

Mas então quatro aldeões passaram caminhando por ela escondidos em suas capas, estranhamente destemidos.

O motivo ficou claro quando tiraram seus disfarces e sacaram as armas – uma espada de prata que reluzia de modo perverso, um par de machados de batalha assassinos e chicotes tão pesados quanto cabos de aço. Eram os soldados do Father Solomon. Eles estavam simplesmente à espera nos bastidores para o verdadeiro espetáculo começar.

Um deles, o capitão, lançou um sorriso duro a Valerie.

— Corra e se esconda, menina — sussurrou.

Eles entraram na carnificina. Dos outros cantos da praça, os outros homens do Father Solomon fecharam o cerco.

Valerie olhou ao redor, acompanhando a criatura.

O Lobo plantara as garras nas costas do açougueiro da aldeia, mas suas orelhas se ergueram com o som de um feroz grito de guerra e ele olhou ao redor. Um braço ainda se contorcia cerrado em suas mandíbulas enormes. Ele observou um par de machados de batalha descendo, cada qual girando em uma das mãos de um enorme *viking*. O Lobo pareceu paralisado pela tempestade de metal, mas quando os machados desceram para entregar a morte dupla, houve um borrão de movimento e rosnados, rápido demais para qualquer olho ver, e o impressionante grito de guerra transformou-se em um grito horrível. Os machados voaram pelo ar, um fendendo o solo nevado e o outro encontrando o rosto de um aldeão fugitivo desafortunado, fazendo seu sangue jorrar.

Com um grande salto, o Lobo estava imediatamente a vinte metros de distância, perseguindo outro homem de Solomon e deixando o *viking* caído sobre o corpo do açougueiro, com apenas um braço.

Flutuando no pesadelo, Valerie deu de cara com uma visão impossível: o escriba, diligentemente desenhando o caos, colocara-se perto o suficiente para ver os detalhes. Sua mão se movia rapidamente, os olhos mais ainda, vendo a fera em fragmentos: ancas, pelo, dentes, língua. Ele não olhava para o seu pergaminho. Gastou um segundo para observar Valerie, lançou-lhe um sorriso triste, sugerindo que o artista estava horrorizado com o que via, mas era impulsionado por alguma perversa necessidade humana para registrá-la.

Valerie o observou se aproximar do Lobo, perto o suficiente para ver a eletricidade arrepiar o pelo de suas costas e a baba escorrer de sua mandíbula. Sua pena riscava a página, a tinta marrom manchava a folha de papiro. Ele bateu a pena para soltar a tinta, e aquele pequeno movimento foi suficiente para atrair os olhos do Lobo para cima dele. Valerie finalmente cobriu a boca com horror, enquanto observava o escriba erguer a pena – fora em legítima defesa? Ou fora para dizer: *Olha, sou apenas um artista*?

Não importava. Foi o último gesto de sua vida.

Valerie foi até o seu corpo e recuperou seu último trabalho do chão de modo que não fosse apagado pelo sangue e imundície. Um imponente garanhão passou por ela, relinchando enquanto o vento açoitava a crina em seus olhos. Father Solomon estava montado nele e gritava.

— Vão para a igreja — falou, acima do pânico. — O Lobo não pode pisar em solo sagrado! — Quando ele sacou a espada e passou sobre o corpo do Bailio, Valerie sentiu que ele saboreava a vingança. Ele os alertara; eles optaram por não ouvir, e agora pagavam o preço. Valerie sabia que era bom estar certo, mesmo a respeito de coisas que você preferiria estar errado.

— Sua hora chegou, besta!

A armadura de prata brilhou à luz do fogo enquanto o caçador seguia na direção da batalha. Valerie se perguntou se a espada de Solomon se perderia no pelo emaranhado e espesso do lobo. Será que alguma arma era grande o suficiente para derrubar essa criatura?

A efígie altaneira do Lobo havia se tornado uma mancha laranja contra o céu.

Os homens de Solomon singraram na direção do Lobo, mantendo-se rentes ao chão. Nenhum medo ou raiva se estampava no rosto do animal. Pelo contrário; Valerie imaginou que era um olhar de ligeiro aborrecimento. Quase de diversão.

Um soldado aproximou-se do Lobo, balançando uma corrente com uma bola de espinhos em cada extremidade. A arma parecia violenta por sua simplicidade. E, com a mesma simplicidade, o Lobo a derrubou.

Em seguida, outro soldado moreno correu para frente com um sabre curvo, duro e belo em sua ira. Ele pareceu atordoado quando as garras do Lobo encontraram o seu alvo, e sua pele estalou ao ser perfurada, deixando escapar um longo jato de sangue da fenda entre seu peitoral superior e inferior.

Os soldados ainda atacavam, um após o outro, sem dar nenhuma trégua ao Lobo.

Finalmente, o capitão veio correndo e sacou o seu chicote como expressão de sua ferocidade. Seu corpo era firme e definido; ele se parecia mais com uma bela escultura que com uma pessoa. Empertigando-se para frente, seu irmão vinha com ele, alçando seu próprio chicote que estava enrolado bem apertado. Ele soltou-o em preparação.

Os dois homens ladearam o Lobo. Um terceiro soldado ficou atrás deles, respirando com dificuldade, com a lança em riste. Os dois homens se moviam como golfinhos, arqueando e sacudindo à medida que açoitavam as tiras. A maioria dos aldeões já ouvira naquele momento o alerta de Solomon e fugira para a igreja. Mas Valerie ficou observando, sentindo suas entranhas tão tesas quanto os chicotes de couro.

Eles achavam que o haviam pegado.

Mas, encurralado, o Lobo cravou suas pernas e começou a recuar, puxando os soldados por suas duas correias tensas.

Os homens enormes deslizaram adiante no chão, tentando manter o equilíbrio, com cuidado para não se inclinar muito para frente ou para trás.

Suas pernas tremiam enquanto lutavam com a besta. O peso deles combinado não era, para o Lobo, um grande fardo.

Então algo se rompeu. Alguma tensão inevitável foi liberada, e Valerie sentiu seu coração afundar como uma pedra quando o capitão foi arrastado para um lado através da neve marcada de sangue, e o Lobo atirou o irmão para o outro lado da praça, o seu corpo achatado brilhando pelo ar como uma estrela.

O irmão do capitão se esforçou para levantar, mas o Lobo puxou-o de volta para a terra.

Valerie olhou para o Father Solomon montado em seu cavalo forte e, em seu rosto, ela viu o que nunca teria imaginado.

Incerteza.

O homem que viera preparado para tudo havia sido pego de surpresa.

O soldado com a lança se virou e caminhou com passos largos até Solomon, que mantinha os olhos duros de águia na cena.

— É forte — mais forte que qualquer um que já enfrentamos antes!

— Tenham fé. Deus é mais forte — Solomon retrucou, olhando para a frente e estimulando a sua montaria com o punho da sua espada aninhado firmemente na sua mão.

Do outro lado da praça, o Lobo reagiu ao nome da divindade. Virou-se para enfrentar o Father Solomon, deixando escapar um rosnado baixo. Solomon encontrou o olhar do monstro. Estendeu a mão e, pegando o crucifixo pendurado por uma corrente no pescoço, beijou-o.

Valerie percebeu que tudo aquilo que o havia tomado — dúvida, medo — já o deixara, e o homem da certeza retornou com vingança.

— *Deus é mais forte!*

Com isso, agarrou as rédeas e fincou as esporas nos flancos de sua montaria. Enquanto o cavalo arremetia, Solomon ergueu sua espada — a espada da ira de Deus.

Mas o Lobo manteve sua posição. Sem medo. Desafiador.

Suas mandíbulas abriram, deixando sair um rosnado sobrenatural que sacudiu o chão onde Valerie estava.

O cavalo de Solomon se assustou; empinou, cruzando as patas sobre as outras e tropeçando nas próprias pernas, fazendo seu cavaleiro voar para trás no ar. Ele aterrissou no chão, batendo entre os carvões em chamas da fogueira, lançando um gêiser de faíscas. Os cascos do cavalo tamborilaram no chão enquanto ele galopava para longe.

O grito de agonia e raiva de Solomon pareceu divertir o Lobo. Valerie pôde sentir o prazer em cada ondulação de seus músculos quando ele arremeteu na direção das brasas para acabar com seu inimigo indefeso. Lutando para sair do fogo e com a espada perdida, Solomon sabia que o seu fim havia chegado.

Zzzzzziiiisssss! Sombras inclinadas se arremeteram pela praça de lugar nenhum.

Não, não era de lugar nenhum – o arqueiro mascarado sentado no parapeito da sacada da taberna manuseava uma besta de fogo que cuspia flechas prateadas repetidamente. Elas voavam na direção do Lobo, que soltou um grunhido de raiva e, com um salto poderoso, subiu no telhado de uma cabana. O arqueiro lançou flecha após flecha na direção da sombra que pulava sobre os telhados.

Com um salto final, o animal desapareceu na noite.

Mas o espetáculo não havia acabado. Valerie observou uma figura emergir das brasas ardentes e da fumaça, removendo as cinzas quentes de seu rosto. Ele estava queimado, marcado para o resto vida. Mas, estimulado pela dor e pelo ódio, pela ira amarga e pela sede de vingança, Father Solomon se ergueu.

Ressuscitado.

18

Ele seguia duas figuras. *Figuras humanas. Vulneráveis.*

— Claude — uma delas choramingou, mal capaz de pronunciar uma palavra.

Ridículo.

Mas um gemido ridículo ecoa alto nos ouvidos de um predador.

Isso e as batidas do coração de uma garota.

Movimentando-se pelos destroços, com os olhos ardendo pela fumaça, Valerie se sentiu isolada, separada dos acontecimentos que ela acabara de testemunhar como se estivesse atrás de uma parede de vidro. Perguntou-se vagamente por que ela não estava entre os mortos. Por que fora poupada quando sua própria irmã não fora?

Por que ela não estava apavorada até os ossos como Roxanne, que tremia ao seu lado?

— Claude! — Roxanne chamou novamente, sua voz em pânico. — Cadê você?

Roxanne sabia que era melhor não confiar em sua mãe para se preocupar com Claude. Mas ela e Valerie não haviam encontrado seu irmão entre os aldeões encolhidos, que se apertavam como sardinhas na igreja. Viram seus pais e os perderam com a mesma rapidez enquanto seguiam seu caminho.

Até agora, não haviam encontrado Claude entre os mortos.

Até agora.

Tampouco Valerie encontrara Peter. Ela queria chamar por ele também, mas Daggorhorn era uma cidade que se alimentava do escândalo. Assim, mesmo em meio à tragédia, ela guardou o segredo.

Havia outra coisa que a impedia de chamá-lo. Uma suspeita que começara a crescer dentro dela, com a qual até agora sua mente apenas havia flertado, recusando-se a abraçá-la. *Tudo isso havia começado quando Peter chegara... Tinha que ser uma coincidência...*

Ela sentiu um movimento por perto e olhou ao redor cuidadosamente, sem querer alarmar Roxanne. Mas mesmo isso foi o suficiente.

— *O quê?* Aconteceu alguma coisa?

— Não. Não é nada.

Colocou uma mão reconfortante no braço de sua amiga enquanto pensava em seu próximo passo.

— Por aqui — falou, guiando Roxanne para o Beco dos Tintureiros.

Quando o Lobo seguiu as figuras ao virar a esquina, o odor pungente de corante interferiu no cheiro de medo de uma das garotas.

Mas e a outra garota?

Como é estranho perseguir alguém que não exala terror.

Valerie pensou em Lucie. Aquele era um lugar de que elas sempre gostaram, um estreito caminho mágico com um tapete de pétalas caídas ao redor das cubas de corante como flocos caídos de um céu crepuscular. Valerie crescera indo lá, sempre desesperada para enfiar os pés empoeirados dentro delas ou roçar as mãos ao longo da superfície da convidativa água azul adormecida. Ela havia feito isso uma vez, mas Lucie, a menina grande, a pegara em flagrante, puxando a palma da mão azulada para fora da cuba comprida e rasa. Para fazer as pazes, Lucie roubara um punhado de flores das torres de armazenamento e tecera-as com cuidado no cabelo de Valerie naquela noite.

Se ao menos as flores vivessem eternamente.

Se ao menos as irmãs também vivessem eternamente.

Algo assustou Roxanne, que soltou um grito, inclinando-se para frente. Valerie agarrou seu pulso, puxando-a para trás da borda de um tonel de tinta azul, brilhando como uma granada brilhante ao luar.

— Cuidado!

Um barulho ecoou atrás delas. Viraram-se; o coração de Valerie estava suspenso no peito, como no momento que antecede a queda livre.

O Lobo surgiu através da fumaça. Voraz, rosnando, mostrando seus dentes de adaga cobertos de sangue.

Valerie girou para trás, puxando Roxanne, congelada, junto com ela. As duas correram; os pés lançavam um jato de pétalas pelo caminho.

Mas o beco chegou ao fim. Não havia saída. Valerie se maldisse por não ter pensado nisso. Havia apenas a parede das torres de armazenamento cheias de flores picadas para a tintura. Uma escada de estacas foi cravada na madeira. Valerie saltou, agarrando-se a uma delas e se alçando para cima. Olhou para baixo: o Lobo não estava à vista. Talvez houvesse perdido o interesse.

Mas Roxanne estava paralisada. Valerie se abaixou.

— Segure a minha mão!

— Não consigo.

— Vamos!

Mas Roxanne não se mexeu. Valerie soltou a estaca, aterrissou ao lado de Roxanne, pronta para sacudi-la de seu torpor — mas então o Lobo saltou diante de Valerie.

Era enorme, tão grande que estava em toda parte, mais alto que qualquer homem que já caminhara sobre a terra. Esse era o mal que havia cravado os dentes na carne de sua irmã. Valerie sentiu sua coragem se contrair em pânico.

Mas ela não conseguia desviar o olhar do ouro flamejante dos olhos do Lobo.

O Lobo não piscou enquanto eles respiravam em uníssono.

O mundo silenciou. Então Valerie ouviu uma voz intrincada, uma mistura entremeada de sons tanto masculinos quanto femininos, humanos e animais. Um composto de cada voz que ela já conhecera, que vibrava profundamente dentro dela. A voz do Diabo.

— Você achou que conseguiria fugir de mim?

Valerie sentiu o céu girar e a terra ceder.

— O quê...? — ela respondeu. — Você fala?

— Tudo o que importa é que você me entende, Valerie.

Valerie sentiu a doçura espessa das flores se misturando com o rosnado almiscarado do Lobo.

— Você sabe o meu nome — ela afirmou, incrédula.

— O que você está fazendo? — perguntou Roxanne a Valerie, com a voz trêmula.

O Lobo virou-se para Roxanne, rosnando até as pernas dela cederem, e ela desabou em um monte silencioso no chão. O Lobo, desinteressado do destino de Roxanne, voltou seus olhos para Valerie. A voz do demônio surgiu novamente, preenchendo sua mente, seu corpo.

— **Nós somos iguais, você e eu.**

— Não — Valerie foi rápida, sua própria alma rejeitando a ideia. — Não. Você é um assassino. Um monstro. Eu não sou *nem um pouco* como você.

Ela estendeu as mãos para trás de si, tateando às cegas por algo para agarrar. Não encontrou nada.

— **Você também matou. Eu conheço os seus segredos.**

Valerie sentiu sua respiração fluir novamente pelo seu corpo, mesclando-se com a pulsação que martelava em seu peito. O que o Lobo disse aterrissou em um lugar mais profundo que a audição.

— **Você é uma caçadora** — o Lobo continuou, escarnecendo dela. — **Posso sentir isso em você, mesmo agora.**

Valerie não pôde deixar de imaginar o que o Lobo teria dito a Lucie. Seus pensamentos explodiram de uma só vez, paralisando-a.

O Lobo se aproximou. Valerie estudou aqueles grandiosos olhos amarelos.

— Que... olhos... grandes... você... tem... — ela disse, com a voz fraca.

— **São para te ver melhor, minha querida.**

Hipnotizada pela intensidade daquele olhar incrível, Valerie não conseguiu desviar o olhar do horror que aconteceu em seguida. A pele de cada lado do rosto do

Lobo se separou e fendeu em um ímpio desabrochar para revelar... *um segundo par de olhos.*

Um par de olhos mais impressionante que o primeiro. Sensível e inteligente. Onisciente.

Humano.

Antes que Valerie pudesse reagir, o Lobo falou novamente; sua cauda enorme espanava a poeira de um lado a outro.

— Eu vejo o que está no seu coração. — Seus lábios de carvão, molhados, eram roxos de tão negros, e os dentes escarpados eram espaçados em linhas irregulares; havia apenas escuridão no lugar onde alguns faltavam ou estavam desalinhados. **— Você quer escapar de Daggorhorn. Você deseja a liberdade.**

Por um momento, Valerie pensou como um lobo. Ela descobriu que conseguia.

Sentiu como seria correr livre, cruzar uma floresta escura com o sangue desperto, espreitar durante a caça. Ter uma vida livre do medo, de laços ou compromissos. Fazer o que quisesse, descompromissada de um lugar fixo, livre para escapar de uma vida de inseto, em constante vaivém dentro do mesmo raio minúsculo. Ela sentiu a visão dessa nova vida se apoderando dela, cortando suas conexões com o presente.

— Não... — ela tentou dizer.

Mas o Lobo, com aqueles olhos, viu que havia tocado em algo, em uma verdade.

— Venha comigo — disse. Valerie hesitou, e o Lobo preencheu o espaço do silêncio. **— Venha comigo** — repetiu.

Eu já ouvi isso antes.

Em algum lugar à distância, houve gritos, o clamor dos soldados, o tilintar das armaduras. O barulho a ajudou a clarear a mente.

— O Father Solomon vai detê-lo — Valerie ouviu enquanto falava. Como uma garotinha desamparada, sozinha, cobrindo o rosto à espera de que alguém aparecesse para melhorar as coisas.

O Lobo endireitou-se em toda a sua altura, estirando as espáduas para trás. Sua sombra caiu sobre os rostos das duas meninas.

— **Father Solomon não sabe com o que está lidando.**

O Lobo adotou um novo tom.

— **Venha comigo ou vou matar todos aqueles que você ama.**

Valerie tremeu com o peso do que ele pedia que ela fizesse; como poderia escolher?

As orelhas do Lobo se movimentaram para trás com impaciência.

— **Começando por sua amiga aqui.**

Ele deu uma investida na direção de Roxanne, estalando sua mandíbula colossal.

De forma inacreditável, naquele exato momento duas figuras apareceram das sombras. O arqueiro mascarado já abria fogo sobre o Lobo precisamente quando ele e Solomon dobravam a esquina do beco.

— **Eu voltarei por você** — O Lobo se inclinou para Valerie. — **Antes de a lua de sangue minguar.**

Quando o Lobo se içou por sobre o muro, Solomon pegou a besta e disparou uma rajada de flechas; entretanto, o Lobo já havia desaparecido na noite.

Solomon escalou atrás dele, mas não conseguiu chegar até o topo do muro. Atirava e recarregava, atirava e recarregava, sem tirar os olhos do Lobo enquanto o animal desaparecia ao longe.

Tremendo com o esforço de controlar sua força e sua ira, Solomon pulou como um gato de volta ao chão. Valerie viu que seu rosto estava negro, vermelho e amarelo, como diferentes velas derretidas juntas. Ele estendeu a mão para sentir o corante nas cubas, trazendo uma concha para o rosto, sentindo o seu aroma. Deixou o líquido verter e sacudiu a água de suas mãos.

Solomon principiou a levar as meninas para a igreja, mas quando passaram pela praça, onde a fogueira fora reduzida a apenas brasas, ele foi interceptado por uma mulher em pânico.

— Deus nos salve!

— Deus salvará apenas aqueles que ganharam o seu amor pela *fé e pela ação* — respondeu, olhando além deles na direção em que o Lobo havia ido. Ele fez Valerie se lembrar de uma vespa: um comandante de olhos rápidos, zumbindo com a vaidade ferida.

Ela se lembrou de Roxanne e olhou para ela. Ela roía o polegar. Toda a cor havia deixado o seu rosto, fazendo suas sardas se destacarem como as manchas que pontilham um ovo de tordo.

O capitão falou em outro idioma com um soldado no portal da igreja, mergulhando sua voz em tons mais graves. Parou para escoltá-las até o adro. A imagem sobre o portal, de Cristo como um caçador enfiando um punhal no peito de um lobo, deu calafrios em Valerie.

— Aqui vocês terão garantia de segurança. — O capitão mudou de idioma, fluente de novo em inglês.

— Mas o meu irmão! Eu tenho de encontrá-lo — Roxanne protestou.

— Se ele está vivo, você o encontrará lá dentro.

— Espere! — ela gritou; mas ele já havia fechado o pesado portal de ferro atrás delas.

Valerie olhou para a amiga com pena. Ela também estava preocupada com o paradeiro de Peter.

— Tenho certeza de que ele está seguro, Roxanne. Ele sabe se defender.

Roxanne a encarou de volta como se ela fosse uma estranha.

— Você falou com o Lobo — sussurrou Roxanne em tom acusador, com a voz fina entrecortada pelo medo.

— Eu tinha de falar. Ele falou conosco. — Valerie pensou que a amiga concordava com ela.

— Não — Roxanne corrigiu. — Ele *rosnou* para nós... — O medo nos olhos dela assumiu novas profundidades. — Você o ouviu *falar* com você?

Valerie então percebeu a magnitude do que havia acontecido. Roxanne não ouvira uma palavra. Só *ela*. Em uma cidade como esta, o risco de alguém saber que ela possuía essa capacidade era monumental. Olhou ao redor para ver se alguém estava ouvindo.

Ela pensou nos boatos que proliferariam se alguém soubesse. Então, lançou esses mesmos olhares e sussurros sobre si mesma. Por que o Lobo *havia falado* com ela? Por que Roxanne também não entendera? Valerie se sentiu claustrofóbica em sua própria pele.

— Eles me chamarão de bruxa. Não conte a ninguém — implorou, com a voz áspera.

Roxanne lançou-lhe um olhar. Ela parecia aceitar o medo de Valerie como um reconhecimento de seu próprio medo.

— Claro que não. É óbvio.

Valerie se sentiu grata por Roxanne não ser o tipo de garota que pensaria em perguntar o que o Lobo havia dito.

Deu uma olhada em sua amiga, que andava em direção ao portal da igreja com seu rosto pálido a olhar obstinadamente adiante. Ela se parecia exatamente como uma garota que havia sido perseguida por um lobisomem *deveria* parecer. Mais uma vez, Valerie se perguntou por que ela mesma não estava mais traumatizada. Tudo parecia tão... natural, como se essa fosse a ordem das coisas.

Ao olhar para Roxanne, Valerie viu uma gota de sangue cair, e depois outra.

Roxanne tocou o rosto e sentiu a umidade abaixo do nariz. Depois de toda a carnificina que havia visto, era apenas um simples sangramento no nariz.

Roxanne sacudiu a cabeça e entrou na igreja. Valerie observou a amiga; em seguida, ergueu o rosto para o céu. Uma revelação atingiu Valerie quando ficou sozinha olhando para a torre da igreja. Aqueles olhos, o segundo par de olhos, que o Lobo lhe revelara.

Eles eram familiares.

Terceira parte

19

Valerie acordou de madrugada com um gosto amargo na língua, como se fosse ferrugem. Embaraçada, olhou ao redor. Sonhara com Peter e com suas carícias. Entretanto, a imagem em sua mente tornou-se desagradável quando se lembrou da carnificina.

Onde ele está?

Valerie afastou o pensamento e se levantou do duro banco da igreja para alongar as costas. A porta do abrigo estava escancarada. Uma neblina envolvera Daggorhorn como uma cortina de gaze que dava ao vilarejo uma aparência descolorida e desolada.

O Capitão abrira o portão do pátio da igreja. Ao passar por ele, viu alguns homens recolhendo os restos carbonizados e ensanguentados que juncavam a praça.

Com exceção do som das pás arranhando o solo gelado, tudo estava em silêncio. A neblina se infiltrava em um labirinto de árvores. O ar estava abafado, e as pessoas, nervosas.

Ela avistou Henry atravessando a praça, mas ele não pareceu enxergá-la. Talvez estivesse envergonhado pelo modo como se comportara no festival. Quase o chamou, mas se conteve ao pensar nos acontecimentos seguintes e nas mãos de Peter sobre seu corpo. Mal sabia Henry que era ela quem deveria se sentir envergonhada.

Ouviu o martelar de cascos, e o cavalo de Solomon surgiu à sua frente. Com as patas envoltas pela névoa baixa, parecia flutuar. Seu cavaleiro, com o rosto enegrecido e ensanguentado, fez alto e observou o massacre. Usava uma longa túnica bordada nos ombros. Enquanto ela o olhava, ele segurou uma de suas luvas entre os dentes e a arrancou da mão. Valerie ficou espantada ao ver que suas unhas, com as cutículas cuidadosamente removidas, eram laminadas com prata e afiadas como adagas. Tinham um brilho fosco e limpo.

Suspendendo a bainha da batina, Father Auguste se apressou para ir ao encontro do homem mais velho. Father Solomon olhou-o de cima, sem se dar ao trabalho de esconder o desprezo.

— Peço desculpas — disse Auguste com voz melíflua. — Jamais deveríamos ter duvidado de você. Nunca mais cometeremos esse erro.

Os aldeões que haviam se reunido em torno deles ficaram aguardando a reação de Father Solomon. *De agora em diante*, decidiram em silêncio, *vamos depositar nossas esperanças nele.*

Father Solomon desmontou do cavalo e começou a caminhar lenta e resolutamente, sabendo que os olhares de toda a aldeia estavam cravados nele.

— Nunca vi um bicho tão forte quanto esse. A maldição é hereditária, e cada geração é mais potente que a anterior. Porém, nunca vira um espécime de linhagem tão longa. Agora, já não quero só matar essa fera.

Não quer matar a fera?

— Não mais. Agora, quero fazer esse bicho sofrer.

Aproximou-se do corpo do Bailio, caído perto da mesa de banquetes que fora tombada.

— Espero que ele tenha aproveitado a comemoração — disse, chutando levemente a neve ao lado do homem. O corpo parecia tão sem vida em meio aos destroços que ninguém se mexeu. Todos tinham certeza de que o Bailio não sentira nada, que já havia partido há muito tempo e nada mais restava dele naquele solo desolado e endurecido pelo gelo.

Solomon avistou o Capitão que, debruçado sobre o corpo do irmão, segurava uma de suas pernas como se fosse um bebê. Tendões horripilantes despontavam no local da amputação. O corpo estava intumescido, como se os músculos estivessem pressionando a pele.

Solomon se aproximou.

— Um homem mordido — disse ao Capitão, com uma expressão pétrea — é um homem amaldiçoado.

Enquanto Valerie observava tudo chocada, Solomon sacou a espada e a mergulhou no peito do homem. O Capitão fechou os olhos e, quando os reabriu, tinha um olhar endurecido. Largando a perna do irmão, virou o rosto para outro lado.

Inabalável, Solomon se dirigiu à multidão.

— Cidadãos de Daggorhorn — disse em voz firme. — Chegou a hora de sermos sérios.

Os aldeões gostaram de seu tom autoritário; queriam que alguém lhes oferecesse um plano. Estavam impressionados com o que acabaram de presenciar; o irmão do Capitão, ao morrer, havia se tornado uma ameaça à segurança de todos, e Father Solomon lidara com o assunto de forma rápida e fria.

— Não haverá mais celebrações — Solomon se inclinou e recolheu uma máscara de porco caída na neve — até que o lobisomem seja descoberto em sua forma humana. E destruído. Da maneira que for necessária.

Ele largou a máscara. Seus homens reuniram-se ao seu redor. Desta vez, não esconderam as armas.

— Pode ser qualquer um de vocês. Por isso, vamos procurar em toda parte. Os sinais são sutis: isolamento, feitiçaria, magia negra, perfumes estranhos... Suas casas serão vasculhadas. Seus segredos serão trazidos à luz. Se você for inocente, não tem nada a temer. Mas se for culpado, juro pelos meus filhos que você será destruído.

Solomon notou que os aldeões estavam olhando para os soldados e suas armas.

— Minha esposa morreu. Os pais, os filhos e as filhas de vocês morreram. Alguns de nós temos que permanecer vivos para cultivar a memória deles — disse, abrindo caminho em meio aos detritos remanescentes da noite anterior.

Houve murmúrios e enfáticos acenos com a cabeça enquanto os aldeões observavam seus vizinhos, amigos, maridos, esposas e filhos. Valerie sentiu uma estranha necessidade de falar, mas não conseguiu fazê-lo. Sentia-se pouco à vontade ao ver como seus vizinhos estavam dispostos a obedecer àquela nova autoridade.

Seu estômago rangeu como uma porta, e ela percebeu que se esquecera de comer. Deixou então a multidão e se encaminhou para casa, feliz por ter um motivo para não continuar escutando.

O pai e a mãe de Valerie estavam em casa, mas ela só viu a mãe. Deitada na cama, Suzette parecia pequena e magra. Sua pele estava frouxa, meio que desajustada, como se tivesse comprado um rosto de número maior que o dela. Uma fina camada de suor cobria seu peito e pescoço, e seus cabelos estavam desgrenhados. Deitada na cama, parecia pequena sob o acolchoado feito pela Avó.

Seu rosto fora cortado pelo Lobo.

O sangue secara, formando uma grossa casca sobre a bochecha, tornando impossível avaliar a extensão do ferimento.

Cesaire levantou os olhos quando Valerie entrou e a puxou na sua direção. Depois, foi vigiar a água que começava a ferver na lareira enquanto a Avó segurava a mão de sua neta.

Observando o pai, Valerie se deixou levar por pensamentos de outros tempos.

Nós sabíamos que íamos tomar banho quando víamos quatro panelas de água sobre o fogo. Minha mãe tirava o vestido por sobre a cabeça, desmanchando o cabelo. Seu corpo era bonito; eu sabia disso mesmo sendo pequena. Brilhava como se houvesse algo de mágico sob sua pele. Ela nos banhava primeiro, nos levantando pelos sovacos e nos colocando gentilmente dentro da água morna. Depois, entrava na tina devagar, tomando cuidado para que suas pernas não batessem em nós. Minha irmã ficava sempre mais perto dela, e eu tinha a impressão de que não fazia parte do núcleo que elas formavam.

Nós, garotas, nos revezávamos para mergulhar as cabeças na água. Quando chegava a minha vez, eu balançava a cabeça para frente e para trás, para frente e para trás, e me sentia como uma sereia.

Esses tempos haviam desaparecido. Valerie receou que sua mente descartasse a imagem da irmã num mecanismo de defesa que não desejava acolher. As lembranças estão sempre se deteriorando. Tinha já tantas que desejava parar de criar lembranças novas; já havia muitas experiências a avaliar. Mas novas lembranças se formavam a cada momento.

Ela olhou para o que restara.

Seu pai cuidava da esposa, trazendo trapos quentes e úmidos para passar em seu rosto. Seria ternura? Valerie gostaria de saber. Uma encenação para a Avó? Ou Lucie tinha razão? Seria amor?

Ela viu Cesaire pousar os olhos no corpo reclinado de Suzette. Perguntou-se então se ele realmente ainda a via. Após dezoito anos de casamento, ele não parecia notar a gentileza com que ela tratava os filhos ou seus cabelos dourados pelo sol nos meses de verão. Seria isso o casamento, uma incapacidade para perceber quem a pessoa é, assim como não conhecemos a nós mesmos por estarmos próximos demais? Seria isso o que a esperava com Henry? Com Peter?

Valerie sabia que seus pais haviam vivenciado os mesmos traumas e tragédias. Mas não os haviam enfrentado juntos, e sim separadamente.

Talvez sentindo o escrutínio da filha, Suzette fez um movimento com a mão, derrubando a bacia de metal, que retiniu no chão. Enquanto Valerie se abaixava para apanhá-la, sua mãe continuou a gemer.

Lembrando-se da história de Solomon, Valerie repassou os detalhes da noite anterior: ela vira mesmo o Lobo ser cortado? Onde estivera sua mãe?

Minha mãe seria o Lobo? Valerie não conseguia suportar este pensamento. Assim, quando a Avó a empurrou delicadamente na direção de Suzette, ela se aproximou do leito sem hesitar.

20

Ela ouviu o som de botas pesadas subindo a escada. Depois, alguém bateu à porta. Então vieram mesmo, como disseram que fariam, para demolir e esvaziar as casas. Os inquisidores iriam abrir suas vidas, desenterrando todos os segredos.

"O que temos a esconder?", perguntou Valerie a si mesma.

Bam! Bam! Bam! As batidas se tornaram mais insistentes.

Sem desprender a corrente, Valerie entreabriu a porta, esperando encontrar o Capitão ou o próprio Solomon.

Em vez disso, deparou-se com um par de olhos flamejantes, ansiosos... assustadores. Como os que ela vira na travessa escura.

— Peter?

— Valerie, abra a porta.

Ela hesitou. Alguma coisa em seu íntimo lhe dizia para não fazê-lo. Peter empurrou a porta, que rangeu sob a pressão, mas a corrente resistiu.

— Abra a porta.

Por que ele estaria sendo tão brutal?

— Você não deveria estar aqui — ela ouviu a si mesma dizer.

— Estamos todos em perigo — sibilou Peter. — Temos que ir embora.

Pela fresta da porta, suas pupilas pareciam finas como agulhas e brilhavam como se estivessem em chamas. Ela pensou no garoto que ele fora para finalmente reconhecer que ele não era mais aquele garoto.

— Pegue suas coisas. Depressa. Venha comigo.

Valerie pensou no celeiro, no hálito dele sobre seu corpo, em como parecia querer devorá-la.

Venha comigo ou vou matar todos aqueles que você ama.

Ele não dissera isso — dissera? Não, fora o Lobo.

Mas lá estavam aqueles olhos ardentes, perigosos, olhando para ela. Empurrando a porta. Agarrando seu coração. Tentando seduzi-la.

Ela se afastou da porta como se afastaria de uma carruagem a toda velocidade.

— Valerie, não há tempo.

Foram apenas dois dias, mas muita coisa mudara desde que ela estivera disposta a acompanhá-lo, desde que confiara nele o bastante para isso. Sua irmã fora assassinada. Sua cidade fora devastada. Sua mãe fora atacada.

Desde que o Lobo aparecera... *Desde que Peter aparecera.*

— Depressa, Valerie.

Ela abanou a cabeça para clarear as ideias e se forçou a dizer alguma coisa. Qualquer coisa.

— Não posso. Minha mãe está ferida.

— Por que não matei aquela coisa quando tive chance? — rugiu Peter, afastando-se para jogar uma pedra na rua abaixo, como se ela contivesse todos os seus arrependimentos.

Naquele instante, quando as mãos dele estavam longe da porta, ela se lançou para frente e a fechou, trancando a fechadura.

A voz dele ecoou através da porta.

— O que você está fazendo?

— Eu não tenho escolha. Desculpe.

Ela se encostou à porta, esperando ouvi-lo partir. Dúvidas atravessavam sua mente como finos grãos de areia. Teria feito a escolha certa? Ou o medo a fizera voltar-se contra a pessoa que mais amava?

Quando ouviu seus passos se afastando, ela espreitou pelos vidros da janela e viu alguma coisa em seu bolso traseiro.

Uma faca.

Peter roubara uma faca. Nós estávamos com sete anos e havíamos capturado um coelho em uma armadilha. Olhamos um para o outro sombriamente – um olhar que nunca irei esquecer, de empolgação selvagem, como dois jovens lobos abatendo sua primeira presa...

Um jato de sangue escorreu do pescoço do coelho, uma listra vermelha que se espalhou pela pelagem imaculadamente branca, devagar o bastante para parecer cruel. Eu não cortara fundo o bastante. Queria poupar a vida do animal ou prolongar seu sofrimento? Nunca quis saber a resposta.

Qual de nós convenceu o outro a matar?

O Lobo sabia que eu matara antes.

O Lobo.

Peter.

Seria possível?

Os temores dela estavam sendo confirmados. Porém...

Enquanto o vento uivava na chaminé, Valerie viu a Avó se inclinar sobre Suzette, que ainda gemia, para trocar suas ataduras. A luz bruxuleante do fogo distorcia a sombra da velha senhora, transformando-a em algo grotesco e monstruoso que dançava na parede. Valerie se aproximou e olhou para as horríveis marcas de garras no rosto da mãe. Depois, olhou para as unhas da Avó. Como nunca notara como eram grandes aquelas unhas... e como se pareciam com garras?

Valerie estendeu a mão para a mesinha de cabeceira e se apoderou de uma faca com cabo de osso, que ocultou na manga do vestido.

Alguma coisa apertou sua perna, fazendo com que prendesse a respiração. Mas era apenas sua pobre mãe, lembrando-se do momento em que o Lobo havia rasgado sua carne com garras afiadas como navalhas.

— Não me deixe sozinha — balbuciou Suzette.

Cesaire lavou o sangue de seu rosto. Restaram listras róseas e brancas que lembravam uma concha do mar. A suave beleza de Suzette lhe fora roubada. Ela estava desfigurada.

Por poucos milímetros seu olho não fora atingido. Teria o Lobo sido preciso ou inexato?

Usando as duas mãos, a frágil mãe de Valerie levou até a boca a xícara de chá para dormir. A Avó ajudou-a a tomar um gole. Valerie observou tudo atentamente. Estranho nunca ter notado que os chás para dormir que a Avó fazia eram na realidade venenos fracos. Venenos que deixavam as pessoas indefesas.

As pálpebras de Suzette estremeceram e se fecharam.

— Descanse, querida — disse a Avó, enquanto gesticulava para que Valerie se afastasse da cama.

Sua voz era como uma canção de ninar.

Ninguém cuidara da casa desde a morte de Lucie. Algumas ameixas apodreciam em uma tigela. Xícaras vazias e pratos sujos entulhavam a pia.

A Avó deu um pedaço de pão a Valerie e começou a andar de um lado para outro, limpando tudo. Estava mais sintonizada com as necessidades e desejos de Valerie do que ela mesma. O pão acabara de sair do forno, e tudo o que ela conseguiu saborear foi a quentura. Mas ela o comeu mesmo assim, distraidamente. Morder, mastigar, engolir.

— Há alguma coisa errada. O que foi, querida? Você não quer me contar?

A Avó estava tentando extrair informações, abri-la como se abre uma noz recalcitrante, para saber o que há em seu interior. Ela quer saber tudo. Por quê? Já conhecia todos os segredos de Valerie.

Ela olhou para sua Avó. Os olhos dela. Castanho-escuros. Ardentes. Forçando Valerie a responder.

— O Lobo. Ele falou comigo.

A incredulidade faiscou no rosto da Avó.

— E você entendeu?

A Avó inclinou o corpo sobre a mesa da cozinha. Disfarçadamente, sua mão procurou alguma coisa atrás das costas...

— Tão claramente quanto entendo você.

Valerie percebeu um tom de desafio na própria voz.

A Avó encontrou o que estava procurando – uma tesoura.

Valerie agarrou uma coisa que estava dentro de sua manga – a faca com cabo de chifre.

Elas se mantinham de pé, encarando-se enquanto um silêncio venenoso as envolvia e asfixiava.

— Você falou com alguém sobre isso?

Os lábios da Avó retesaram-se nos cantos.

As coisas que não eram ditas faziam seus corpos se contraírem.

— Ninguém sabe, a não ser Roxanne. Ela não vai contar a ninguém. Nem comigo ela vai querer falar nisso.

— O Lobo decidiu não matar você...

De repente, ao ouvir o timbre da voz dela, Valerie teve certeza. Não era sua mãe, nem era Peter. Era ela. Valerie sentia isso. O Lobo estava ali, no quarto, no corpo de sua Avó.

— ... Mas certamente ele poderia ter matado — lembrou a Avó sem alterar a voz.

— Acho que ele me quer viva.

Valerie sentiu o ar deixando o aposento. Sentindo-se sufocada, caminhou cautelosamente até a janela e abriu as persianas.

A manhã arroxeada invadiu o ambiente, mesclada a uma brisa que trazia o familiar aroma de pinheiros. E tudo mudou. As duas mulheres perceberam como estavam erradas. A Avó largou a tesoura que segurava atrás das costas e limpou a mão no avental, meio que tentando apagar sua culpa. Valerie também se sentiu envergonhada por duvidar daquela mulher que sempre havia amado. Ambas relaxaram.

— Mas por que você, Valerie?

— Não sei. Ele disse que se eu não fosse com ele, mataria todos aqueles que eu amo. Ele já matou Lucie...

Ela sentiu uma dor na nuca devido à tensão, e repousou a cabeça no ombro da Avó. Ficou assim por alguns momentos, sentindo o peso da própria cabeça. De repente, algo estalou em sua coluna e entrou de novo no lugar.

A mão da Avó procurou a dela. Pensando no que quase fizera, por suspeitar de todos ao redor, Valerie achou que havia enlouquecido.

— Ele está vindo me buscar — sussurrou. — Antes que a lua vermelha desapareça.

A Avó se afastou dela, profundamente perturbada. Procurando algo para fazer, resolveu preparar um chá. A chaleira tremia em suas mãos quando a retirou da lareira.

— O que aconteceu com Lucie foi minha culpa — declarou Valerie. — O Lobo está aqui por minha causa.

A Avó ficou em silêncio, e Valerie entendeu que ela não tinha como negar isso.

Valerie precisava sair. Ao deixar a cabana, sentiu-se surpresa com o simples fato de ser capaz de fazê-lo, como um bernardo-eremita abandonando a antiga concha, sendo seu peso agora uma fração do que fora. O frio a atingiu como um tapa no rosto e a despertou do estupor. Valerie caminhava rapidamente, mas sem objetivo.

Decidiu então ir até o poço, onde se deparou com Roxanne e a mãe, que foram buscar água. Atrás delas, soldados revistavam uma cabana, jogando para fora os escassos bens dos moradores.

— Claude voltou para casa? — perguntou ela.

Roxanne passou ao seu lado, com um balde em cada mão. Agia como se não visse ou ouvisse Valerie.

— Ninguém o viu — respondeu Marguerite, antes de se afastar.

Valerie ficou magoada. Roxanne sabia que ela gostava de Claude – era a única pessoa que o procurava quando ninguém mais o fazia, além da própria Roxanne. Por que ela havia ignorado sua preocupação? Espreitando as negras profundezas do poço, Valerie repassou as lembranças. Será que Roxanne estava envergonhada por ter demonstrado tanto medo na frente dela?

Ou seria porque o Lobo não a escolhera? Valerie sentiu uma vibração maldosa em seu âmago mais profundo. Talvez Roxanne estivesse enciumada. Talvez todas as garotas estivessem com ciúme de seu noivado.

Um cão que pertencia a um dos lenhadores visitantes estava correndo nas proximidades. Era o que ela mais precisava naquele momento – um animal inocente que viesse até ela e lhe oferecesse o dorso para uma carícia. Ela queria que confiassem nela, que lhe dissessem que era boa. Mas o cão a olhou com ar amedrontado e se recusou a chegar perto dela. Valerie permaneceu agachada, esperançosa, mas o cão recuou, erguendo a cabeça para dar alguns latidos antes de se virar e sair correndo com o rabo entre as pernas. Como se ela fosse uma ameaça.

Valerie não era mais quem costumava ser. Sentia uma parte de si mesma desmoronando aos poucos, como uma escarpa despencando no mar.

Ela ainda estava ajoelhada ao lado do poço, acionando a velha bomba, quando uma sombra escura se refletiu na água. Seu estômago se contraiu.

Era Henry. Estava com um aspecto diferente. Seus olhos eram sombrios e vagos como quartos vazios.

— Estou rompendo o noivado — disse, com voz áspera.

— Rompendo o noivado?

Valerie não sabia como deveria se sentir.

— Sim — disse ele, piscando os olhos lentamente enquanto falava, como se isso pudesse ajudá-lo a aceitar a decisão que tomara. — Eu vi você com Peter.

— Você nos viu?

— No celeiro.

As palavras se infiltraram nela, saturando-a com uma terrível compreensão. Ela via os pensamentos de Henry se agitando por trás de seus olhos.

"Que pilhéria cruel ele sofreu", pensou Valerie, compreendendo como ele a amava. Amar uma garota por tanto tempo sem pressioná-la, respeitando sua necessidade de independência, e ver aquele amor estilhaçado num instante por *Peter* - por alguém que surgira de repente, após tantos anos afastado, e que a arrebatara sem qualquer consideração pela felicidade dela.

Como devia doer ter as esperanças pisoteadas por aquele que Henry culpava por sua perda mais penosa. "Se Lucie estivesse aqui, se ele a amasse, em vez de a mim..."

— Não vou forçar você a se casar comigo — continuou Henry, sem esperar que ela respondesse, cavalheiro até o fim.

Vê-lo de coração partido deixou-a também de coração partido. Valerie pensou em se aninhar no peito dele mais uma vez, na segurança que ele lhe oferecia. Já estava farta de perigos, traumas e paixões. Estava irritada consigo mesma. Por que não podia amar Henry?

— Sei que você não quer viver comigo.

A sinceridade dele foi um choque.

A única coisa que ocorreu a Valerie foi remexer o bracelete até finalmente destravá-lo. Então o devolveu a ele.

— Sinto muito.

Ela se ouviu pronunciando palavras vazias, algo que sempre tentara evitar. Sem melhor opção, acabara recorrendo a elas, sabendo que eram um consolo patético.

Rapidamente, ele desapareceu. O único ruído que se ouvia agora era o chapinhar da água barrenta que escorria do poço. De pé, sob o sol, Valerie ponderou as palavras de Henry. Mas não conseguia pensar nelas por muito tempo; ao fazê-lo, chamas flamejavam em seu interior e ela sentia um ardor vergonhoso.

Acabara de vestir sua capa vermelha, após sacudir a neve que a recobria, quando ouviu gritos na direção do celeiro. Acompanhando a multidão que acorria ao local, sentiu-se aliviada por não estar sendo o foco das atenções.

O celeiro era um lugar diferente à luz do dia. O sol se infiltrava pelas frestas do madeirame, iluminando as teias de aranha que se alojavam entre as vigas. Father Auguste estava com Solomon e seus homens, que mantinham as armas preparadas. Todos olhavam para cima. Ela seguiu os olhares... e viu Claude.

Ele estava vivo. Empoleirado em uma viga, sacudia-se como se estivesse coberto de insetos invisíveis, e parecia extremamente traumatizado. Ou possuído. Um dos arqueiros de Solomon ergueu o arco.

Ouviu-se um grito. Roxanne apareceu correndo e investiu contra o arqueiro, mas foi contida pelos soldados.

— *Ne conjugare nobiscum*[4] — gritou o arqueiro.

Valerie abriu caminho em meio à multidão e se postou ao lado de Roxanne.

— Eu vi Claude no festival — disse ela, tentando atrair o olhar de Solomon. — Não foi ele. Não poderia ser. Ele não é o Lobo.

— Quero que ele seja interrogado — disse Solomon aos soldados, ignorando Valerie. — Olhem para ele, o jeito como ele está agachado lá...

Solomon tinha certa razão. Claude parecia pequeno visto de onde estavam, mas não tinha um ar inocente. Parecia selvagem, como um jovem abutre deixado à própria sorte em um ninho de gravetos e cabelo humano.

Valerie perguntou a si mesma qual seria a reação apropriada. Ele estava reagindo do modo como todo mundo deveria ter reagido. Por que todos se mostravam complacentes diante da tragédia e da brutalidade que se abatera sobre eles? Que mecanismo permitia que essas coisas fossem dissimuladas?

Mas nem mesmo sua mãe o defenderia. Atordoada, Marguerite sentou-se ao pé de uma pilha de feno. Não conseguia olhar para cima, fitava somente as próprias mãos, conjeturando sobre o que aconteceria ao seu menino doce e estranho. Jamais soubera o que fazer com ele e jamais perguntava por ele. Assim, absolvia-se de qualquer culpa.

---

[4] Em latim, "não se meta conosco". (N. T.)

— Ele fala de forma estranha — declarou Solomon. — Ele comunga com demônios. Ele pratica magia negra. Ele é um bruxo.

O grande Father Solomon, percebeu Valerie, tinha uma visão simplista da humanidade – a mesma de um garoto de escola. Pensava nas pessoas em termos de predador e presa, bom e mau. Não deixava espaço para ambiguidades. O que não fosse puro deveria ser impuro.

Mas ela também cedera a tais idiotices naquele mesmo dia — suspeitando de sua Avó, suspeitando de Peter. Seu rosto ardeu de vergonha.

— Ele não é mau! Eu o conheço! — gritou ela, desafiando Solomon.

— Melhor do que eu conhecia minha própria esposa?

Solomon finalmente se virou para encará-la.

Valerie ficou sem resposta.

Solomon apresentou uma desgastada carta de tarô: *O Louco*, um mendigo descalço.

— Olhe. Isto foi encontrado perto do corpo de sua irmã.

— Ele fazia mágicas — interpôs Madame Lazar, materializando-se na multidão. — Eu sabia que era trabalho do Diabo!

Valerie olhou com incredulidade para Madame Lazar. "Se havia alguém com cara de bruxa..."

— Ele é diferente — disse Valerie, olhando para o garoto. Os olhos dele tremeluziam como água. — Isso não faz com que ele seja culpado.

— Pessoas inocentes não fogem. Ele deve estar fugindo de alguma coisa — replicou a velha bruxa.

— Se os inocentes são injustos, prefiro estar entre os culpados.

Madame Lazar voltou-se para Valerie, franzindo a testa, subitamente desconfiada.

Solomon olhou para o besteiro mascarado.

— Tire-o de lá.

Roxanne se atirou contra Solomon, mas o besteiro mascarado a afastou como se ela fosse uma mosca.

Dobrando para baixo as esporas das botas e largando suas foices de guerra, dois soldados começaram a escalar o celeiro como se fossem insetos, enfiando os dedos entre as frestas da madeira.

— Não o assustem! — gritou Roxanne.

A queda seria longa.

Ao vê-los se aproximar, Claude enfiou-se sob a calha coletora. Por um momento, deu a impressão de que ele iria cair, mas se aprumou — apenas para se ver encurralado na plataforma superior.

Enquanto os soldados o agarravam, Roxanne segurou o braço de Father Auguste, que parecia nervoso e indeciso como uma criança a quem são oferecidas muitas opções. Já não sabia mais de que lado estava.

— Faça alguma coisa, por favor — suplicou Roxanne.

Mas Father Auguste continuou olhando para frente e não respondeu. Os soldados passaram por eles arrastando Claude, que não parava de se contorcer.

Ao que tudo indicava, Father Auguste já escolhera seu lado.

Roxanne desmoronou no chão, chorando.

Valerie sentiu algo que não sentia desde os sete anos de idade.

Um completo desamparo.

21

Os soldados levaram Claude até um silo arruinado atrás do celeiro e largaram no chão seu corpo bamboleante. Ele abriu seus reluzentes olhos negros e viu uma sombra grotesca e majestosa avultando ao seu lado: o elefante de bronze.

Então soltou um grito apenas por gritar, sabendo que não adiantaria nada. Frenético, tentou fugir do instrumento de tortura. Tudo menos aquilo. Conseguindo alcançar a parede mais afastada, encolheu-se em um canto, sussurrando rapidamente consigo mesmo.

Solomon, que seguira os soldados, entrou no silo. Ele duvidava que Claude fosse realmente o Lobo, mas não podia demonstrar fraqueza. Father Auguste entrou atrás dele.

— Não toquem nele — ordenou Solomon, cujos olhos eram como pequenos seixos — até que eu dê ordem.

Claude acelerou seu cântico.

— Agora... — prosseguiu Solomon, esboçando um sorriso amargo e erguendo um braço, formando uma espécie de asa negra com a túnica. Apontou então um dedo afilado para o elefante de bronze. — Vocês já podem tocar nele.

Em meio aos soluços de Claude, os soldados conseguiram discernir suas palavras:

— "Era uma vez um menininho, o nome dele era Claude, muito estranho e sozinho, mas amigo do bom Deus".

— Silêncio, monstro — vociferou um soldado, dando-lhe um cascudo. Petrificado, Claude tapou a boca com a mão. Seus olhos relanceavam ao redor, mas não havia para onde ir. Então, pressionou seu peso contra os calcanhares, e seus calcanhares contra o chão. Mas não foi o bastante. Mãos enormes o agarraram e começaram a arrastá-lo.

Father Solomon se aproximou e olhou para ele.

— Diga o nome do Lobo.

Claude se limitou a abanar a cabeça, aterrorizado demais para entender o que lhe perguntavam.

Solomon acenou com a cabeça, e dois soldados levaram Claude até a câmara de torturas.

Entretanto, alguma coisa emperrou, e eles não conseguiram mover o trinco da porta que havia na barriga do elefante.

— Não consigo abrir a porta — disse um deles, afastando-se para que o outro soldado tentasse a sorte.

O trinco cedeu.

Depois que a porta se abriu, os soldados pegaram Claude pelos braços e pernas e o enfiaram no interior do elefante, trancando novamente a porta.

— Diga o nome — ordenou Solomon para o animal metálico.

Não houve resposta.

— O que você está fazendo?

Um dos soldados olhou para o outro que estava acendendo uma fogueira sob o elefante.

— Estou fazendo o que me disseram para fazer — sussurrou ele asperamente. — E acho melhor o senhor fazer o mesmo.

Os soldados então se afastaram. Um deles se mostrava relutante; o outro, firmemente decidido.

Quando as chamas começaram a lamber a barriga de bronze, os berros de Claude ecoaram dentro do monstro metálico.

— Ouçam como ele canta seu amor por Satã...

Father Solomon sentiu pesar sobre ele o olhar horrorizado de Father Auguste.

Pessoas observadoras sabem quando estão sendo observadas.

Respirando fundo e estufando o peito como um gato prestes a atacar, foi até onde estava o cura da aldeia.

— O que homens como eu e você fazemos, fazemos por um bem maior. Como homens da ordem, nossa missão é livrar o mundo de seus males.

— Diga-me uma coisa. — Auguste tentava, sem muito sucesso, parecer forte. — Qual é o benefício disso?

Father Solomon aproximou seu rosto até quase encostá-lo no de Auguste, para que o outro não tivesse dúvidas a respeito de sua determinação.

— Eu matei minha mulher para proteger meus filhos — Solomon esperou até suas palavras alcançarem seu máximo efeito. — Nossos métodos de agradar a Deus às vezes são imperfeitos, Padre, mas a caça ao lobisomem é assim. Você tem que ter estômago.

Dito isso, começou a se afastar.

— O que o senhor está dizendo, Padre? — replicou Auguste com voz baixa, mas poderosa, que se fez ouvir acima dos gritos e batidas de Claude. Solomon não teve escolha a não ser parar e se virar. Pousou então o dedo nos lábios do outro homem.

— Estou dizendo que você tem de fazer sua escolha. E sugiro, pelo seu próprio bem, que você se junte a mim.

Ele se virou para os soldados.

— Não libertem o garoto até ele dizer o nome do Lobo.

Em seguida, saiu do silo.

— Como ele pode falar? Ele está sendo torturado! — disse Father Auguste para si mesmo, esperando que Father Solomon soubesse o que estava fazendo. Mas a suspeita de que não sabia começou a preocupá-lo.

Solomon era o único cliente na taverna. O homem de Deus bebia seu almoço. De outra forma, como poderia apaziguar a raiva que sentia daqueles camponeses ignorantes, que só faziam trabalhar contra si mesmos?

Quando o Capitão entrou na sala, seguido por uma garota do vilarejo, Solomon ergueu os olhos do copo. Tinha certeza de que a conhecia.

Ah, sim. A irmã do garoto. A ruiva de rosto suave. Era bem feminina e parecia temente a Deus. Ele gostava disso. E não fez nenhuma objeção a que o Capitão a trouxesse até ele.

— Sim, menina — disse ele, reconhecendo sua presença.

— Eu vim para negociar a libertação de Claude.

Era uma frase bem ensaiada, que ela pronunciou bem alto.

Como Solomon não dissesse nada, ela bateu com o punho fechado sobre a mesa, à frente dele. Depois, abriu a mão. Ouviu-se um som de moedas caindo. Ela recolheu a mão, como se a tivesse queimado. Solomon viu que, de fato, ela depositara moedas sobre a mesa. Algumas insignificantes peças de prata.

Seus lábios se contraíram. Não estava claro se estava irritado ou tentando abafar uma gargalhada.

— O que você quer que eu faça com isso? — perguntou Solomon.

— Eu...

— Com isso, eu poderia comprar um pedaço de pão e meia dúzia de ovos. Obrigado pelo presente. Agora me diga — acrescentou, aproximando seu rosto do dela.

Chegou tão perto que ela sentiu seu hálito frio. — O que você espera negociar com isso?

Deslizando as moedas pela mesa, Roxanne as recolheu de volta. Pareciam sujas agora. Seu rosto estava rubro, mas conseguiu falar.

— Eu tenho mais que dinheiro.

Father Solomon ergueu as sobrancelhas.

Ela abaixou o xale, desapertou sua blusa e expôs quase totalmente seus seios opulentos, que sempre tivera o cuidado de manter ocultos.

Solomon riu zombeteiramente ao ver a carne exposta, sentindo-se insultado.

— É essa a sua ideia de suborno?

Suas sobrancelhas ainda estavam erguidas.

O Capitão deu uma sonora gargalhada. Roxanne permaneceu imóvel, sentindo-se irremediavelmente tola.

— O senhor não me quer? — murmurou de forma quase convincente.

— Vire-se, garota — vociferou Solomon.

Sentindo-se suja, por sua vez, Roxanne conseguiu se cobrir antes que o capitão a arrastasse para fora.

— Esperem! — gritou ela.

A pior coisa que Roxanne já fizera na vida fora bater em um bêbado nojento para que ele largasse sua mãe, enquanto Claude assistia à cena retorcendo as mãos. Mas o que ela estava para fazer era muito pior. Era algo... algo que a assombraria para sempre. Mas ela não tinha escolha.

— Esperem, por favor. Eu tenho mais uma coisa.

Ela falou rapidamente para não ter tempo de desistir.

— Se vocês pouparem meu irmão — acrescentou —, eu lhes dou o nome de uma bruxa.

Isso captou a atenção de Solomon.

— Bem, isso vale alguma coisa.

22

O pai de Valerie mantinha-se de guarda ao pé da lareira enquanto Suzette repousava mergulhada em um sono delirante. Na verdade, estava dormindo de boca aberta em um banco, segurando um machado no colo. Era um machado de tamanho normal, o mesmo que sempre usara, mas parecia grande demais para ele. Ela notou as olheiras arroxeadas sob seus olhos fechados e se acomodou ao lado dele. Ela mesma montaria guarda.

Quando voltava para casa, aturdida com o que havia visto no celeiro, avistara as três pequenas seguidoras de Lucie. Estavam sentadas no parapeito de uma janela, pálidas e imóveis, olhando para Valerie com olhos vazios e lábios contraídos. Valerie conjeturou se, em um ou dois anos, elas ainda se lembrariam de Lucie, da sua meiga generosidade, do modo como rodopiava com elas –

uma de cada vez, rodopiando mais uma vez com uma delas, porque a menina pedira, depois girando mais uma vez com as outras, porque era justo. Será que se lembrariam disso?

Em meio ao caos do vilarejo, uma profunda desconfiança começou a germinar como mofo. Os aldeões andavam de olhos vidrados, sem enxergarem realmente uns aos outros.

Alguns dos homens haviam formado um pequeno grupo, uma brigada de vigilantes que batia às portas à procura de qualquer coisa fora do normal. Em suas poucas horas de atuação, já haviam encontrado algumas coisas: uma das aldeãs mantinha um estoque de penas ao lado da cama. Outra tinha um livro em uma língua antiga, embora alegasse que não sabia ler. E outra, ainda, havia dado à luz apesar de já ter passado da idade.

Sim, eles encontravam coisas.

Mas tinham muita dificuldade para serem ouvidos pelos soldados de Solomon, que pareciam ter sua própria maneira de fazer as coisas. Dessa forma, armazenavam informações para divulgá-las mais tarde.

Perdida nesses pensamentos, Valerie também adormeceu. De repente, pai e filha acordaram com alguém batendo na porta – *bam! bam!* As batidas foram tão fortes que racharam a porta. Alguma coisa queria entrar na casa.

Valerie imaginou aquelas grandes garras dilacerando a madeira furiosamente e aqueles dentes enormes arrancando nacos das tábuas.

O madeirame esfarpado da porta acabou se despedaçando – mas não foi o Lobo que apareceu. Uma dupla de soldados irrompeu no aposento e assumiu o controle do espaço, reivindicando a posse de tudo. Um deles chutou uma cadeira que não estava em seu caminho simplesmente por não haver razão para não fazê-lo. As pessoas também lhes pertenciam. Empurrando Cesaire para um lado, agarraram Valerie e a arrastaram para fora. Suzette nem mesmo despertou.

— Diga a eles o que você me contou — ordenou Solomon, debruçado sobre o balcão da taverna.

Roxanne estava sentada em frente a Valerie, mas não olhou para ela. Ficou encarando a parede ao fundo.

A taverna fora apressadamente transformada em um tribunal. Os bancos tinham sido agrupados para formar bancadas. Quando faltou espaço, as pessoas usaram tamboretes. Valerie estava amarrada em uma cadeira na frente da sala para que todos a vissem. Soldados fortemente armados montavam guardas nas saídas, empertigados em suas armaduras.

Valerie vira Peter entrar, percebendo como era difícil para ele vê-la naquela situação. Ele estava em pé, sozinho, no canto mais afastado da sala.

Roxanne sabia que teria de responder: as pessoas estavam esperando para ouvir o que ela havia prometido dizer. Reunindo coragem, falou em voz trêmula.

— Ela consegue subir nas árvores mais altas — começou, repetindo obedientemente o que contara a Solomon, o que acreditava ser verdade – uma verdade que despedaçava seu coração. — Ela consegue correr mais depressa que todas as garotas. Ela usa essa capa vermelha. A cor do Diabo — acrescentou, caso alguém não estivesse conseguindo juntar as peças.

Com a corda penetrando cada vez mais na pele de Valerie, Roxanne continuou:

— E ela consegue falar com lobisomens. Vi isso com meus próprios olhos.

Os aldeões deram um suspiro coletivo. O rosto de Roxanne adquiriu um tom rosado sob os cabelos vermelhos e ficou coberto de lágrimas. Tremendo angustiada, Valerie ouvia a amiga desfiar sua história.

— Você nega essas acusações? — perguntou Solomon, virando-se para Valerie com fingida incredulidade.

Valerie sentia-se entorpecida.

— Não.

A multidão murmurou.

— Não nego.

Prudence mantinha-se ereta e silenciosa. Sua mãe se encolhera na extremidade da bancada, mordiscando os cabelos. Henry estava sentado entre sua avó, que vestia seus trajes de luto, e um amigo. Rose se alojara atrás de Henry, ainda tentando ser notada mesmo naquela situação. Peter continuava sozinho.

— E qual foi a natureza dessa conversa?

Solomon juntou as pontas dos dedos.

Valerie, feliz em descobrir que ele ainda conservava um resto de humor, conteve um fraco sorriso. Ela lhe daria a informação, mas na ordem em que desejava contá-la.

— O Lobo disse — Ela fez uma pausa. — que o senhor não sabe com o que está lidando.

Sentindo que todos os olhares se deslocavam para ele, Solomon sorriu pomposamente.

— Tenho certeza de que ele disse isso — admitiu ele amavelmente. — O que mais ele disse?

Valerie tinha a sensação de que sua cabeça estava cheia de lã, o que sempre acontecia quando estava resfriada. Era como se estivesse separada de seu corpo.

— Ele prometeu deixar Daggorhorn em paz. Mas só se eu partir junto com ele — pensou Valerie, descobrindo logo em seguida que falara em voz alta.

O corpo de Roxanne reagiu. Em choque, não conseguiu conter as lágrimas.

Valerie sentiu os olhos de Peter pesarem sobre ela.

Um silêncio opressivo tomou conta da sala. Solomon pensou por um momento. Aquilo estava sendo melhor do que ele esperava. Inclinou-se então para bem perto de Valerie, como se não houvesse mais ninguém presente.

— O Lobo é alguém do vilarejo que quer você, Valerie — disse, na voz que reservava para plateias. — Você sabe quem ele é? Eu pensaria muito bem se fosse você.

Valerie permaneceu em silêncio. Não sabia de nada, ao certo, e não poderia dizer nada. Olhou para

Peter novamente, tentando avaliar suas reações. Mas ele não estava mais lá.

Solomon era um observador astuto. Já conhecia Valerie muito bem; sabia que não obteria mais nada.

— Ele está querendo ela, não vocês — gritou para os aldeões, tentando uma tática diferente. — Salvem a si mesmos. É muito simples. Vamos dar ao Lobo o que ele quer.

Henry pulou da cadeira. Seu amigo olhou para ele com ar desgostoso. O apego dogmático de Henry a seus princípios sempre havia incomodado os que conviviam com ele, pois o tornava mais esforçado e menos divertido do que poderia ser. Não corria pelas ruas sacudindo roupas de baixo femininas que havia arrancado em algum varal, não trocava um peão por um bispo num jogo de xadrez quando o adversário não estava olhando; daquela vez, entretanto, ele estava se colocando em perigo.

— Nós não podemos entregar essa mulher ao Lobo. Isso é sacrifício humano.

— Nós todos temos feito sacrifícios — disse Madame Lazar, em sua voz inexpressiva, como se estivesse apenas fazendo uma observação.

Henry observou os presentes em busca de apoio, mas não encontrou nenhum. Os aldeões nunca se mostravam tão unidos como quando se juntavam contra alguém.

Desesperado, Henry olhou para o lugar onde vira Peter, pouco antes. Mas Peter se fora; havia abandonado seu posto.

Valerie ficou comovida com o esforço de Henry, embora tivesse a impressão que ele estava mais preocupado em fazer o que era certo do que com a segurança dela. Mas pelo menos ele havia enfrentado o Father Solomon. Nem mesmo a família dela fizera isso.

Seus pais e sua avó estavam sentados juntos, com medo de falar. Não ofereceriam nenhuma ajuda agora. De que adiantaria serem todos presos? Teria de haver outra saída.

Sua mãe ainda parecia doente devido ao ataque que sofrera; Valerie nem mesmo sabia ao certo se ela estava totalmente consciente. Cesaire parecia furioso, mas nada podia fazer; finalmente se conscientizara da própria impotência. E a Avó — bem, Valerie esperava que ela tivesse um plano, mas se falasse naquele momento estaria arriscando a própria vida. Roxanne, pelo menos, não envolvera a Avó em sua denúncia, e Valerie sentia-se grata por isso.

Solomon, sempre um homem de ação, aproveitou a oportunidade para ordenar aos soldados que desamarrassem Valerie e a levassem dali. O julgamento terminara.

Os aldeões estavam ansiosos para deixar a taberna – um amargo lembrete da decisão que haviam tomado com base na convicção de que tinham mais direito à vida que Valerie. Assim, foram saindo lentamente, reservando a tagarelice para quando estivessem no lado de fora. Ninguém ousou falar com Father Solomon; ninguém ousou olhar para ele. Ninguém queria se destacar do resto.

Somente Father Auguste permaneceu na sala. Queria ter uma pequena conversa com Father Solomon.

— Eu pensei que você tinha vindo aqui para matar o Lobo, não para apaziguá-lo.

Solomon olhou para ele como se fazer isso fosse um teste para sua paciência.

— Não tenho intenção de apaziguar o Lobo — disse em tom conspiratório. — A garota é só a isca para a nossa armadilha de hoje à noite.

— Claro, claro — murmurou Father Auguste, com a fé restaurada e feliz em deixar seu herói fazer o trabalho de herói. Não havia pensado nisso!

Então se afastou, satisfeito com a ordem natural das coisas e sentindo que havia cumprido o dever. Valerie viu que ele também se eximia de qualquer responsabilidade. Ela estava sozinha.

Os aldeões haviam se reunido em grupos diante da taverna. Quando avistaram Cesaire, Suzette e a Avó deixando o estabelecimento, o burburinho cessou – principalmente quando viram a Avó, que não costumava comparecer aos eventos do vilarejo.

Madame Lazar, no entanto, continuou a falar em voz alta com Rose e um grupo de mulheres mexeriqueiras.

— A avó dela vive sozinha na floresta.

Embora não fosse a primeira vez que era alvo de preconceitos, algo fez com que a Avó parasse para escutar.

— A primeira vítima foi a sua irmã. A segunda, o pai do noivo. E não se esqueçam da pobre mãe, desfigurada para o resto da vida — declarou ela em alto e bom som. — Se a garota não é uma bruxa, como se pode explicar isso?

Cesaire percebeu que a Avó estava sendo atraída pela voz de Madame Lazar, cujas palavras pareciam reverberar dentro dela.

— Não ligue para o que ela está dizendo.

— Ela não está errada — ponderou a Avó. — Valerie está no centro disto.

Cesaire pareceu preocupado, mas se limitou a menear a cabeça antes de se afastar com Suzette para recolocá-la na cama. A Avó fez uma pausa para ouvir as últimas palavras.

— Eu tentei fazer com que Henry deixasse de gostar dela — prosseguiu Madame Lazar, semicerrando os olhos. —, mas não tem jeito. Ele perdeu o juízo. Se isso não parece feitiçaria para vocês...

Ela deixou a frase em suspenso, mas todas as ouvintes manifestaram sua aprovação.

Ninguém falou com Henry quando deixou a taverna e foi confrontar Peter, que estava de pé no outro lado da rua, encostado em um canto escuro e observando a multidão. Ao ver que Henry se aproximava, aprumou o corpo, preparando-se para a briga.

— O que está acontecendo?

A voz de Henry saiu mais alta do que ele pretendia.

— *Psiu.*

Os olhos de Peter percorreram a praça.

— Eu pensei que você gostasse dela — disse Henry, abaixando a voz.

Peter esfregou os olhos e depois os abriu, esperando que Henry tivesse ido embora. Mas ele não fora.

— Eu gosto — suspirou Peter, percebendo que teria de dar uma resposta verdadeira, pois Henry não aceitaria menos que isso. —, mas... — Peter acenou na direção da porta da taverna, onde estava o Capitão — *estou tentando* ser esperto.

Henry olhou em volta rapidamente, e percebeu que nem mesmo seu rápido olhar escapara à atenção do Capitão.

— Você vai salvar Valerie — disse Henry, finalmente entendendo.

Peter não se deu ao trabalho de responder.

Henry perscrutou o rival. Seus sentimentos lhe diziam que poderia confiar nele, mas seus pensamentos lhe diziam que talvez fosse melhor não confiar. Mas não era soberbo o bastante para sacrificar a garota que amava. Viu um soldado arrastando Valerie para fora da taverna - certamente iria trancafiá-la em algum lugar. Ao perceber como as cordas haviam esfolado a pele dela, que ficara em carne viva, achou fácil tomar uma decisão.

— Vou ajudar você.

— Não estou tão desesperado — respondeu Peter com frieza.

Aparentemente, o orgulho dele permanecia intacto.

— É mesmo? E qual é o seu plano?

Peter mudou a posição dos pés.

— Você não tem nenhum, não é? Escute, a ferraria agora é minha. Eu tenho ferramentas e sei usar elas. Você precisa de mim. — Henry queria ter a satisfação de ver Peter concordar. — Admita isso.

Peter não estava gostando daquilo, mas a ideia de que Valerie fosse levada pelo Lobo o agradava menos ainda. Ele sabia que as coisas *seriam* mais fáceis com a ajuda de Henry.

— Tudo bem.

Peter começou a pensar no assunto, e seu rosto se iluminou. Mas foi uma mudança sutil, quase imperceptível, como a gradação de tonalidades em uma sombra. Ele não precisaria, necessariamente, confiar em Henry: bastava acreditar na força de seu amor por Valerie.

E se esse amor fosse forte demais? Sobrenaturalmente forte?

— Se você for o Lobo, vou cortar sua cabeça e mijar no buraco do pescoço.

— E eu farei o mesmo com você, se você for o Lobo. Com prazer.

— É justo.

Os dois homens se entreolharam inquisitivamente, surpresos com a trégua que estabeleceram, por mais desconfortável que fosse.

23

Sentindo-se vazia, devorada de dentro para fora pela própria corrupção, Roxanne se aproximou do Capitão.

— Onde está meu irmão? O Father Solomon me disse que ele seria libertado.

Ela fungava no ar frio.

Algo indiscernível perpassou pelo rosto do capitão.

— Libertado... — assentiu com a cabeça, distraidamente. — Sim, acho que ele foi libertado.

O Capitão se virou e entrou de novo na taverna. Roxanne presumiu que deveria segui-lo. Então, correu atrás dele apressadamente enquanto subia a escada, três degraus de cada vez. Depois de atravessarem a taverna, desceram ao pátio dos fundos, onde o Capitão caminhou até um carrinho de mão. Confusa, Roxanne olhou em volta. Não viu o irmão.

O Capitão espantou alguns corvos que bicavam um volume no carrinho, que começou a empurrar na direção dela. Roxanne viu que o volume estava coberto por um cobertor. Quando o carrinho se aproximou mais, um braço caiu de baixo do cobertor e ficou pendente. Era o braço de Claude.

Abanando a cabeça, ela recuou.

O Capitão parou à sua frente e descobriu o corpo. Roxanne caiu de joelhos no chão encharcado.

A pele de Claude estava branca como papel, contrastando ainda mais com as sardas. Suas mãos e pés estavam queimados, cheios de bolhas; o rosto estava machucado e inchado.

Não havia ocorrido a ela que poderia não o encontrar vivo; embora tivesse descido a profundezas que jamais imaginara, algo tão horrível não lhe passara pela cabeça.

No início da semana, os assoalhos rangiam. As portas dos armários recusavam-se a fechar. As pessoas eram pobres; a comida, escassa. Havia ciúme, maldade e vaidade.

As coisas não eram perfeitas. Mas eram suportáveis.

Agora, o mal se abatera sobre Daggorhorn.

24

Dois dias antes, Valerie não poderia ter imaginado que estaria ali. Todos os que ela amava haviam se voltado contra ela – ou então ela se voltara contra eles. Sua irmã morrera. Hoje à noite, ela também morreria. Fora atirada em uma cela de prisão úmida e escura. Era como se já estivesse no túmulo. Estava em um local normalmente usado para prender animais, mas aquelas barras de ferro não fariam feio em uma cadeia. Algumas velas esparsas projetavam sombras nítidas nas paredes. Os guardas, pelo menos, haviam providenciado um pouco de luz.

Mas de que adiantava isso? Ela não tinha ninguém. Ninguém falara em sua defesa.

Com exceção de Henry, cujo amor ela destruíra pelo amor de outro. E este outro fugira da sala. Peter nem ao menos permanecera lá para apoiá-la.

Henry encontraria outra pessoa para desposar. Acabaria se apaixonando por Rose ou Prudence, ou por uma garota de algum vilarejo vizinho. Mas ela sabia que Peter não encontraria ninguém; ele pensaria sempre nela e a manteria em um lugar que ninguém poderia alcançar. Protegeria a memória dela, como o fizera nos últimos dez anos, preservando-a para si mesmo.

Ela gostaria de não tê-lo mandado embora quando ele batera à sua porta. Se o tivesse acompanhado...

Ao ouvir um farfalhar na escuridão, ela levantou os olhos e viu sua avó olhando para ela. Bem, talvez não estivesse completamente sozinha.

— Diga-me, querida, você está precisando de alguma coisa? — perguntou a Avó com ar triste.

A faca com cabo de osso faiscou na mente de Valerie. Ela a enfiara na bota enquanto Cesaire estava dormindo. Gostaria de mostrá-la à sua avó, mas os olhos dos guardas nunca se desviavam dela por muito tempo.

Um arrepio atravessou seu corpo e ela estremeceu. Solomon se apoderara de sua capa vermelha – uma violação de certa forma mais brutal que as demais. Ela precisava de muitas coisas, mas sabia que era inútil pedi-las. O guarda jamais permitiria que lhe passassem alguma coisa.

— Não.

Ela abanou a cabeça.

Valerie ainda não abandonara a esperança de que, se sua avó não falara no tribunal, era porque tinha um plano. Mas percebia que, como todos os demais, ela estava com medo. Não do Lobo, mas de um homem: Solomon.

— Ouça. — A Avó abaixou a voz. — O Lobo nunca atacou às claras como fez no festival. Por que se mostrou agora?

— Talvez seja essa lua...

— Ele quer você. E queria sua irmã.

A Avó tentava raciocinar em voz alta.

"Minha irmã".

— Ele pode ter matado ao acaso no festival para disfarçar o fato de que o primeiro assassinato não foi nada casual — especulou a Avó.

Valerie não sabia ao certo aonde a Avó queria chegar.

— Não. O Lobo não escolheu Lucie. Ela deve ter se oferecido ao Lobo.

Valerie engoliu em seco, forçando-se a falar alto.

— Eu não sabia disso na época, mas ela estava apaixonada por Henry. Rose acha que ela ouviu falar do meu noivado, e a única opção que viu foi tirar a própria vida.

Entretanto, mesmo ela tendo dito isso, a história não lhe soou verdadeira.

— Lucie amava Henry... — A Avó fez uma pausa. — Mas é inconcebível que ela tenha tirado a própria vida. Impossível. Ela não faria isso.

A Avó parecia ter desenvolvido outra teoria. Aproximou-se então das grades para falar mais.

Um tilintar de chaves a interrompeu. Era o guarda, assomando ao lado dela com sua presença imponente.

— A visita terminou.

No outro lado do vilarejo, Cesaire pegou um punhado de milho e jogou os grãos para as galinhas. Esse costumava ser um trabalho de Suzette, mas ela ainda estava repousando, com medo de contrair uma infecção. Cesaire ficou feliz em assumir a tarefa. Era um modo de ser útil, além de tomar conta da esposa, a quem deixara de amar. Havia perdido suas filhas. Tudo o que lhe restava era cuidar de algumas galinhas ingratas.

Os aldeões foram para suas casas após o julgamento devastados pela tensão e pelo medo. Alguns, porém, permaneceram ao relento: mulheres batendo na roupa lavada com grandes pás, homens arrastando troncos. A rotina ajudava. Dava a impressão de que a morte não se instalara totalmente na cidade, que a vida ainda era vivida. Nem tudo havia terminado.

Cesaire notou que Peter caminhava em direção a ele, transportando um barril de madeira em um carrinho de mão. Enquanto olhava para ele, continuou a remexer no bornal de milho, o que deixou a palma de sua mão recoberta com resíduos brancos. O carrinho parou com um rangido e os dois homens ficaram frente a frente.

— Vou salvar sua filha — Peter falou primeiro, perscrutando as reações de Cesaire — e pretendo me casar com ela. Eu gostaria de obter sua bênção, mas posso viver sem ela.

Houve um instante de silêncio. Tendo dito o que precisava dizer, Peter virou-se para ir embora. Cesaire, contudo, deu um passo à frente e estendeu os braços para abraçá-lo. Este momento de humanidade em meio ao caos sobrenatural fez com que ambos se sentissem encorajados.

25

O vento abriu a porta da ferraria, e a Avó aproveitou para entrar. A oficina estava em completa desordem.

— Olá, Henry.

Ele continuou seu trabalho em frente às chamas, sem se virar. Não daria atenção a uma mulher que não falara em defesa da própria neta.

— Estamos fechados.

— Eu quero lhe agradecer por ter defendido minha neta hoje — disse ela, ignorando o que ele dissera. — Você foi muito corajoso.

— Eu só disse o que estava sentindo.

Henry estava forjando alguma coisa no fogo. O objeto que tirou de lá com uma tenaz tinha um brilho branco, como se fosse um pedaço da lua. Ele o pousou em um canto para moldá-lo, e começou a acionar uma manivela.

— Você não tem nenhuma obrigação de defender Valerie. — A Avó estava falando para as costas de Henry. — Você já rompeu o noivado.

— Ela está apaixonada por outra pessoa. — Henry rilhou os dentes, aborrecido porque ela o obrigara a dizê-lo. Começou então a martelar o objeto, formando uma ponta. — Não quer dizer que eu parei de me importar com ela.

— Imagino que Lucie sentia a mesma coisa por você.

Henry deu de ombros, constrangido com a menção ao nome dela.

— Me disseram que ela achava que estava apaixonada por mim.

— Sim, Valerie acabou de me dizer isso.

Henry uniu duas pontas de sua criação. Não dispunha de muito tempo.

— Parece que Lucie teria feito qualquer coisa por você. Teria até se encontrado com você em uma noite do Lobo se você tivesse pedido a ela.

Ele limpou as mãos no avental.

— Não vejo o que isso tem a ver com a situação — disse, tentando falar educadamente.

Tão logo terminou de dizer isso, ele entendeu. Sua confusão se transformou em raiva e ele finalmente olhou para ela.

— Você acha que eu sou o Lobo.

A Avó se empertigou.

— Você percebe do que está me acusando? De assassinato!

— Eu não estou acusando ninguém de nada — disse ela, embora pensasse o contrário.

A Avó sentia-se derreter no calor da oficina. Suas acusações foram perdendo o foco, a intensidade.

— Estou tentando descobrir a verdade — prosseguiu ela, de qualquer forma.

Ao dizer isso, no entanto, a expressão de Henry mudou. A raiva desapareceu, substituída por uma expressão de espanto, que logo se transformou em horror — com uma ponta de prazer por finalmente ser capaz de acusar sua acusadora.

Deixando cair a ferramenta, que retiniu no chão, Henry se aproximou da mulher de modo quase sedutor.

— É você — disse ele, espetando o dedo na direção dela. — Meu Deus, é você. Posso sentir o cheiro em você.

A Avó começou a se sentir nervosa. Já esgotara todas as evidências que tinha contra ele.

— Que cheiro é esse que você está sentindo em mim? — perguntou ela, chegando mais perto da porta.

— Na noite em que meu pai morreu, eu senti o cheiro do Lobo. Um almíscar penetrante. — Henry se aproximou mais. — O mesmo cheiro que estou sentindo em você neste exato momento.

Henry estava muito perto dela, agora; seus olhos chispavam. Ela sentia-se desfalecer com o calor do fogo e com as acusações dele.

— O que você estava fazendo naquela cabana? Sozinha? — Henry não esmorecia. — Na noite em que sua neta foi assassinada?

Naquele momento, o cheiro reverberou pelos sentidos da Avó como um nome há muito esquecido. Foi o bastante. O jovem tinha razão. Ela sentiu a necessidade urgente de se defender.

— Henry, eu li até adormecer.

— E depois?

A Avó ficou em silêncio. O cheiro emanava de suas roupas como o vapor de um rio. Era amargo e penetrante.

— Você não sabe, não é? — pressionou ele.

Ela tinha de sair dali. Tinha de ir para casa e verificar uma coisa. Tinha de saber com certeza. Como suas suspeitas haviam repercutido de volta para ela com tanta facilidade?

Então se esgueirou pela porta aberta, que se fechou com um estrondo.

26

Sob o crepúsculo, os três homens trabalhavam sem se comunicar. Não queriam atrair a atenção.

Peter levantou os olhos. Ficou feliz ao ver Cesaire empurrando o carrinho de mão em torno da praça e Henry ocupado na ferraria. O plano estava em ação.

Gotas translúcidas de óleo de lamparina pingavam do carrinho de mão e caíam sobre a neve suja. Cesaire parou um momento para dar um gole em seu cantil, aproveitando a oportunidade para olhar ao redor. Ao notar que o Capitão estava montando guarda na praça, estremeceu. Tentando manter uma expressão despreocupada, continuou a empurrar o carrinho. Mas o Capitão se encaminhou em sua direção, acompanhado por dois soldados.

O corpo de Cesaire tomou a decisão por ele. *Correr.*

Correndo sobre a lama formada pela neve, ele derrubou algumas gaiolas de faisões e pulou por cima de um cocho de ração.

O Capitão puxou um longo chicote e o estalou em sua direção. O chicote mal encostou em Cesaire, mas ele caiu com o rosto em um monte de neve. Tentou se arrastar para longe, mas só conseguiu dar alguns passos trôpegos antes de ser alcançado e agarrado por mãos anônimas.

— Só por precaução — vociferou um dos soldados —, nós não queremos problemas com a família da bruxa.

Valerie ouviu um som de passos, e a voz áspera de Father Solomon ecoou na escuridão.

— Ponha seu manto de prostituta.

Ele aguardou que o postigo fosse aberto. Em seguida, jogou a capa vermelha na direção de Valerie, que se envolveu no lindo tecido cuja textura era lisa e macia.

Um soldado apareceu e lhe colocou algemas de ferro, que ficaram folgadas em seus finos pulsos. Valerie percebeu alguém se aproximando: era seu pai, que o teto baixo obrigava a se curvar.

— Valerie! — Ele parou à sua frente. — Eu tentei proteger você... Você e Lucie...

Lucie. Agora, ela parecia uma criatura imaginária, quase mítica. Inventada.

— Tudo bem, papai — disse ela, engasgando-se com as palavras. — Você nos ensinou a ser fortes.

Valerie percebeu quanto ele se sentiria só quando ela estivesse morta.

— Você é minha boa menina. Continue forte.

Ela sentiu seu aperto de mão, firme como sempre, e soube que seria o último. Seu coração pareceu entalar na garganta. O que poderia dizer?

Sentiu-se quase grata quando o soldado afastou Cesaire para o lado e a empurrou em direção a Solomon.

A máscara de ferro era tão pesada que tornava quase impossível manter a cabeça erguida. Tinha pequenas aberturas para os olhos. A projeção afunilada em frente ao nariz representava inquestionavelmente o focinho de um lobo ostentando um sorriso de dentes afiados, feitos com incrustações de marfim. Aquela máscara de lobo fora projetada para maximizar a humilhação pública. Era uma obra-prima da crueldade humana. Valerie pôde perceber a satisfação no rosto de Father Solomon quando o Capitão a encaixou sobre sua cabeça.

Depois, tudo o que ela viu foi a escuridão, e tudo o que sentiu foi o peso do metal que oscilava de um lado para outro enquanto era fixado com fivelas e trincos.

No início, Valerie lutou contra o cruel abraço das algemas e da corrente, tentando se livrar delas, mas acabaram esfolando seus pulsos. Então, mesmo cambaleante, tentou andar o mais rápido possível para não dar aos aldeões a satisfação de a verem cair enquanto era puxada por um cavalo pelas ruas do vilarejo.

Acompanhando seus tropeços no chão lamacento, a máscara deslizava e oscilava. Estava quente em seu interior. A testa de Valerie estava oleosa no lugar em que tocava o metal.

Os aldeões haviam se reunido sob a luz minguante para assistir ao macabro desfile que avançava lentamente pela rua principal. Sentiam-se incapazes de desviar os olhos. A última noite da lua de sangue estava se aproximando.

Um ou dois dos espectadores murmuraram audivelmente:

— Bruxa.

Outros, distraidamente, faziam o sinal da cruz.

Uma voz que ela reconheceu como sendo a de Madame Lazar gritou:

— Não está mais tão bonita agora, está?

Mais adiante, foi a vez de Rose, que a chamou de bruxa e coisas piores, para mostrar a Madame Lazar que seu neto encontraria uma esposa adequada. Parecia que nunca conhecera Valerie.

Valerie sentiu que alguém puxava seus cabelos, e tentou não gritar. Mas suas madeixas louras foram desprendidas por um soldado, impaciente para manter em movimento o trem da vergonha.

Acorrentada a um poste, ajoelhada no altar do sacrifício, Valerie ouviu a voz de Father Auguste, que a abençoava ao folhear as páginas da Bíblia. Pouco mais tarde, ouviu uma voz familiar soltar um grito pouco familiar.

— Ela é o meu bebê!

Com algum esforço, sob o peso do ferro, Valerie conseguiu erguer a cabeça. Pelas pequenas frestas da máscara, viu sua mãe, descalça, agitando-se freneticamente como uma mariposa moribunda. Seu rosto cortado, intumescido nos locais onde não havia ferimentos, parecia estar coberto de geleia. Estava cicatrizando em algumas partes, mas não em outras, onde as feridas eram profundas.

Ela parou diante de Solomon.

— Solte-a, seu canalha!

Os cabelos de Suzette estavam desgrenhados, e ela cheirava mal.

— Solte-a! — tornou a berrar.

Levantou então o braço para bater em Solomon, mas este segurou seu pulso com facilidade.

Os aldeões fizeram silêncio. Não estavam gostando de vê-la daquela maneira louca e fora de controle. Outra vítima. O próprio Father Solomon não disse nada por alguns momentos, deixando-a extravasar a raiva.

Valerie não conseguiu olhar por mais tempo, e pousou o focinho de ferro no peito.

— É melhor você ir para casa — ouviu Solomon dizer, como um pai desapontado. — É melhor todos vocês irem para casa.

Aldeões amedrontados seguraram a mãe de Valerie, que já perdera as forças, e a puxaram para trás. Enquanto era levada para casa, Suzette cobriu o rosto com as mãos. Era muita coisa para suportar.

As horas se passaram. A noite caiu.

Valerie olhou para a lua de sangue. Era a última noite. Ouvira as portas do vilarejo sendo trancadas e as janelas se fechando. Aturdida, desejou poder se deitar e dormir durante horas, mas as correntes a mantinham ereta.

Uma sombra fez vulto sobre ela. Ela soltou um gemido, que ecoou na máscara de metal. Fechando os olhos, esperou pelo fim.

— Valerie — disse uma voz feminina.

Abrindo os olhos, ela se esforçou para enxergar pelos buracos.

A sombra se colocou em seu campo de visão.

— Prudence?

— Roxanne quer que você saiba que ela está arrependida. Ela só disse aquelas coisas para salvar o irmão dela — sussurrou Prudence.

— Eu sei disso. — Valerie estremeceu com o frio, fazendo as correntes tilintarem. — Você poderia dizer a ela que eu a perdoo?

— É claro. Mas eu queria dizer... Eu não sei o que dizer.

Havia uma cadência irregular na entonação de Prudence.

— Você não precisa dizer nada.

— Não, eu quero.

Valerie tentou se inclinar para frente, esticando as correntes em seu esforço. Prudence se abaixou e se aproximou mais. Seus cabelos castanhos emolduravam seu rosto como uma cortina.

— Eu quero que você saiba que pode enganar Roxanne, mas não pode me enganar — disse ela. Suas palavras sibilavam como fogo. — Você sempre se achou melhor do que nós; boa demais até para Henry! Sua derrota é a nossa vitória. Agora, você vai ter o que merece.

— Prudence — Valerie já não conseguia se lembrar de seus sentimentos na época em que ela era sua amiga. Tentou então ser forte —, acho melhor você ir embora.

Seus olhos estavam secos como uma fruta descascada que passou a noite ao relento.

Prudence olhou para cima. As nuvens haviam se dispersado, revelando a lua vermelha.

— Sim, você tem razão. Agora não vai demorar. O Lobo vem buscar você.

Sentindo-se quase grata por estar com a máscara que não traía seus sentimentos para sua torturadora, Valerie fechou os olhos. Quando os reabriu, Prudence já desaparecera.

Um vento de inverno começou a soprar. Os tremores de Valerie fizeram as correntes retinir.

Nada havia a fazer, exceto esperar. O Lobo viria buscá-la.

Mas o que aconteceria depois?

21

No outro lado da praça, Solomon mantinha-se em pé no topo da torre do celeiro, cercado por armas, cordas e aljavas. Abaixo, os soldados se ocultavam nas ruelas, vigiavam os cavalos, afiavam setas com pontas de prata e aguardavam às janelas.

Tudo estava preparado. Ele não tinha mais o que fazer, exceto limpar as unhas com a ponta da faca e jogar a sujeira no piso. Sua pele, que melhorara um pouco, estava rompendo os pontos como uma maçã assada. Father Auguste juntou-se a ele.

— Sabe como se mata um tigre, Father Auguste? — sussurrou Father Solomon, impassível, olhando para a praça onde a patética figura de Valerie, como uma boneca de pano, estava acorrentada ao altar. — Você amarra seu melhor bode e espera.

Perto do arruinado muro da cidade, um vulto negro se agachou procurando alguma coisa na neve com a ajuda de um archote. Encontrando o que procurava, abaixou a chama da tocha. Nada aconteceu durante alguns momentos.

Mas subitamente o chão pegou fogo. Uma linha flamejante se desenhou na praça, ganhou velocidade e seguiu a trilha de óleo até o silo abandonado, atingindo a pilha de gravetos que a esperava lá. Peter manteve-se abaixado, com o rosto iluminado pelas chamas do archote, observando com satisfação os resultados do trabalho que realizara com Cesaire.

De seu posto de comando no topo da torre, Solomon semicerrou os olhos para protegê-los do súbito clarão enquanto observava as chamas e a fumaça invadirem a praça abaixo. Soltou uma praga. Não havia tempo para aquilo — não naquela noite. Fez então um sinal para o Capitão. Em poucos segundos, seus homens, pendurados em cordas, desceram pelas paredes do celeiro e dirigiram-se à praça.

O apertado espaço interno da máscara se encheu de luz; Valerie olhou pelos buracos, espantada com as chamas e a fumaça que o vento fazia revolutear. Ao ouvir uma voz atrás dela, bem perto, tentou arrancar as correntes.

— Eu vou tirar você daqui.

Mesmo em meio ao caos, ela sabia que era Henry. Mas ele estava diferente. Sua determinação poderosa e sua concentração febril a amedrontavam.

— O que está acontecendo? — perguntou ela, confusa.

— Faz parte do plano. Eu vou tirar você daqui — repetiu ele.

Henry gostava de ouvir o som da própria voz. Era ele, e não Peter, quem se encarregaria da libertação propriamente dita. Suas mãos já estavam trabalhando com as estranhas chaves que confeccionara de manhã – chaves mestras. Ele tinha prática: seus dedos faziam a chave ranger na fechadura, procurando os pinos internos.

Quando ele entrou em seu campo de visão, tudo o que Valerie conseguiu ver pelos buracos foram seus olhos castanhos, luzindo à luz das chamas. Olhos inteligentes e penetrantes. Ardentes.

Exatamente como os olhos do Lobo.

Valerie pensou no que sua avó começara a lhe sugerir. Pensou no bilhete encontrado nas mãos de Lucie. Alguém deveria tê-lo escrito. Depois, pensou na faca de cabo de chifre.

Clique. Uma fechadura se abriu. Restavam duas.

Agachado próximo ao muro, Peter avistou os soldados pisoteando as chamas, chutando neve sobre elas. Perscrutando através da fumaça, pôde divisar as duas figuras no altar. Henry ainda não havia libertado Valerie. "Por que está demorando tanto?"

Coube a Henry a parte principal da operação. Valerie se acharia sempre em dívida com ele por ter lhe salvado a vida. Iria considerá-lo como o idealizador do plano assim como alguém que sai do teatro achando que o ator criou as próprias falas – não o dramaturgo.

Henry, o herói. Droga.

"Nós estamos do mesmo lado", lembrou a si mesmo. Estudou então a base do celeiro, sabendo que precisava ganhar mais tempo para Henry.

Clique. A segunda fechadura se abriu.

As mãos de Valerie estavam livres.

Faltava mais uma.

Os dedos de Henry trabalhavam automaticamente, como os dedos de um músico em um instrumento que toca com frequência. Porém, embora tateasse desesperadamente, ele não conseguia abrir o fecho da máscara. Furioso, começou a resmungar. A mão livre de Valerie desceu furtivamente até a faca. Seria bem coisa do Lobo surgir disfarçado de salvador. Não seria?

Zás!

Com um golpe por trás, usando o cabo do machado, Peter abateu o soldado de guarda à porta do celeiro e, sem hesitar, encostou a tocha no madeirame da porta. Mas, antes que pudesse verificar se as chamas haviam atingido o alvo, suas pernas vergaram.

Olhando para baixo, surpreso, viu que fora apanhado por uma corrente com uma bola de ferro na ponta que alguém lançara contra suas pernas. No instante seguinte, o soldado que segurava a corrente já estava pulando sobre ele.

Com seus olhos de lince, Solomon não desviava seu olhar da fumaça, tentando distinguir alguma movimentação no altar. A garota ainda estava lá, ele podia vê-la, mas ainda não havia sinal do lobo. Seria possível que aqueles aldeões idiotas o estivessem fazendo de bobo?

Então ouviu um estalido. Um som baixo, mas de qualquer forma um som.

Depois, ouviu outro estalido.

Farejando o ar, logo compreendeu: o celeiro também estava em chamas. Alguém iria pagar caro por ter relaxado na guarda.

— Evacuar! — ordenou aos soldados.

Ele comandou a descida pelas escadas espiraladas da torre, respirando o ar enfumaçado e sufocante; isso o tornou impetuoso. Porém, ao fazer uma curva, deteve-se. Por uma janela, viu uma movimentação no altar, algo bem leve.

Exatamente o que temia.

O celeiro tremia à sua volta, e as paredes começaram a ceder. Colunas em chamas desabavam, e as chamas se projetavam na noite.

— Lá — indicou ao besteiro atrás dele.

O besteiro e Father Auguste olharam para onde Solomon estava apontando. A fumaça se dissipara o bastante para revelar um homem de capa agachado ao lado de Valerie, removendo a máscara de lobo.

O besteiro ergueu sua besta, mas hesitou quando uma viga desabou no chão.

— Espere! Pare! — gritou Father Auguste, juntando as mãos, como se estivesse segurando algo precioso.

— Faça o serviço — ordenou Solomon.

O besteiro mirou em Henry através da janela. Um alvo estacionário, um tiro fácil...

Mas quando já estava apertando o gatilho, um vulto turvou seu campo de visão, próximo o bastante para fazê-lo vacilar e disparar a seta para longe do alvo.

Era Father Auguste, que enfim se cansara de tantas barbaridades e se interpusera na linha de tiro, atrapalhando o disparo.

— Corra! — gritou Father Auguste na direção do altar, brandindo sua Bíblia.

A palavra ressoou no ar como uma badalada de sino.

Solomon não perdeu tempo. Erguendo o braço, mergulhou sua adaga no peito de Auguste.

Os dois homens se encararam. Os olhos de Father Auguste arregalaram-se com o choque e a dor, enquanto a vida se escoava deles. Por fim, desabou no chão. A Bíblia caiu ao seu lado, com a capa virada para baixo.

Os olhos de Solomon voltaram-se novamente para o altar, onde a máscara de lobo jazia abandonada. Ele sabia que a oportunidade fora perdida. Mais uma viga caiu.

— Vamos embora — disse calmamente.

No lado de fora, ele descobriu que seus soldados haviam feito um prisioneiro.

— Foi esse aqui quem ateou o fogo.

O mais forte dos dois soldados empurrou Peter. que estava algemado. Eles o haviam tratado com dureza. Não gostavam de ser ridicularizados por um moleque de rua.

— Nossos homens encontraram esse sujeito lutando com um soldado — disse seu parceiro.

— Tranquem-no no elefante. Acenderemos a fogueira mais tarde — ordenou Solomon, dirigindo-se à praça incendiada.

Sua voz era como um cristal lapidado em desgosto.

28

A bruxa fugiu!

Valerie podia ouvir os gritos enquanto corria. Era difícil entender por que estavam gritando aquilo para ela; impossível entender tudo o que ocorrera. Mas lá estava ela, uma bruxa, fugindo com Henry Lazar, seu antigo noivo ou um lobisomem.

— Vamos — incentivou ele. — Peter vai nos encontrar no beco, com cavalos.

Ele ainda dizia o nome como se fosse algo desagradável, como uma coisa mofada em sua boca.

"Claro!" O coração dela se acelerou. Peter não a abandonara, afinal de contas. Viria buscá-la, completando a ação que Henry iniciara.

Ela olhou para Henry, que corria na escuridão. Uma imagem lampejou em sua mente: eles três fugindo juntos, movendo-se de cidade em cidade. Ela nunca precisaria escolher.

Peter iria se encontrar com eles. *Mas espere.* Henry dissera: "Eu vou tirar você daqui". *Eu*, não *nós*. Ele realmente desejaria ajudá-la, mesmo depois que ela o rejeitara?

Entraram no Beco dos Tintureiros. Os dedos de Valerie doíam de tanto que ela apertava a faca sob a capa, como se estivesse retorcendo uma toalha. As tinas reluzentes de tintura azul estavam lá. As pétalas de flores estavam lá. Mas somente quando chegou ao fundo do beco percebeu que não havia cavalos.

— Onde está Peter? — ela se ouviu perguntar.

— Não sei. Ele já deveria estar aqui. Era esse o plano.

Henry parecia enorme, inchado pela cólera.

Eles estavam sozinhos em um lugar escuro e isolado. O mesmo lugar em que, na véspera, o Lobo dissera que ela lhe pertencia. E isso se tornara realidade: ela estava com ele agora.

Todas as peças pareciam se encaixar.

"Peter nunca virá", pensou ela.

Valerie sentia-se inebriada pela certeza de que iria morrer. Mas lutaria até o fim; não se entregaria facilmente. Se o acertasse no lugar certo... talvez, apenas talvez... Enquanto pensava nisso, ele se inclinou sobre as tinas para examinar o fundo do beco e expôs o pescoço – provavelmente procurando por Solomon, certificando-se de que teria tempo para fazer um trabalho bem feito.

Ele atraíra sua irmã no meio da noite e a assassinara. E estava tentando fazer o mesmo com ela. Bem, com *ela* não seria tão fácil.

Relanceando os olhos para a lua vermelha, Valerie ergueu a faca. Viu a lâmina brilhando em sua mão, sedenta por sangue. Estava dando um passo atrás para poder aplicar todo o peso no golpe, quando se imobilizou.

Ouviu-se um rugido, tanto masculino quanto feminino, tanto humano quanto animal. A voz do Diabo.

Estava longe. Não no beco.

— Ah, meu Deus! Henry!

Ele se virou e a viu com a faca ainda levantada.

Encolheu-se.

— Você poderia colocar a faca de novo na sua bota? — pediu, conseguindo aliviar a tensão com um rápido sorriso.

Embaraçada, ela devolveu a faca ao seu lugar. Outro rugido terrível atravessou o ar. Mais perto, desta vez.

O alívio de Valerie teve curta duração, pois um novo e terrível pensamento lhe passou pela cabeça.

— Henry, qual foi a última vez que você viu Peter?

Mas Henry não respondeu. Soldados entraram no beco, gritando uns com os outros.

— A bruxa fugiu!

Henry puxou-a para um dos silos que estava cheio de pétalas azuis. Instantaneamente foram envolvidos pela fragrância floral, estranhamente doce quando a morte estava tão perto. Ele a conduziu através das pilhas de pétalas até a parede dos fundos.

— Eles estão por toda parte — sussurrou.

Os corpos de ambos estavam próximos o suficiente para que se tocassem, mas não o bastante para que o fizessem. De repente, Valerie sentiu a mão dele em sua cintura, e viu seus olhos cheios de desejo. Sua respiração se acelerou. A mão deslizou por sua perna. Por que agora?

Ela entendeu somente quando ele conseguiu o que queria.

A faca que estava em sua bota.

— Desculpe — disse ele distraidamente, como que em uma reflexão tardia. Sua mente estava em outra coisa; ele nem reparara nela. Virou-se, então, preparado para repelir qualquer ataque, sempre cavalheiro.

Mas ela sabia que eles não poderiam se defender. Não havia como. Seriam capturados dentro de alguns momentos. Tudo estaria terminado.

Mas Henry virou-se para ela.

— A igreja!

Ele tinha razão. O Lobo não poderia entrar em solo sagrado, e Father Solomon respeitaria o santuário por ele mesmo ser um sacerdote. Em primeiro lugar, porém, teriam que chegar lá.

Henry pensou, desesperado, olhando para a faca em sua mão.

Minutos mais tarde, os soldados de Solomon invadiram o silo — encontrando apenas pétalas de flores azuis. Algumas estavam derramando pela rua, através da brecha que fora aberta entre as tábuas.

Valerie e Henry não tinham escolha a não ser correr pela praça, arriscando-se a serem vistos.

De alguma forma, acima do burburinho dos soldados que vasculhavam a cidade, do galope dos cavalos e dos gritos dos aldeões, Valerie ainda ouvia o sussurro:

— Valerie, aonde você vai?

Uma voz sinistra, uma mistura de todas as vozes que já ouvira. Seu coração subira até a garganta e se alojara lá. Ela soube antes de vê-lo. O Lobo voltara para buscá-la.

Ela lançou um olhar a Henry, mas ele não ouvira nada. Na periferia de seu campo visual, ela divisou uma forma escura, que desaparecia e reaparecia, pulando sobre os telhados. Só a via realmente quando a observava pelos cantos dos olhos.

Quando já conseguiam avistar a igreja, ouviram gritos e o som de botas pesadas em rápida perseguição.

Uma seta assobiou ao lado deles. E outra, *mais perto.*

Valerie olhou para trás — e gritou ao ver o dardo prateado voando com pontaria certeira, o dardo destinado a ela, para acabar com sua vida. De algum modo, no entanto, no derradeiro momento, quando já deveria estar sentindo o metal penetrando profundamente em seu corpo, ela não sentiu nada.

Em vez disto, foi empurrada para o lado. Com um estalido seco, a seta se alojou no tórax de Henry, que se colocara em sua trajetória para que ela não fosse atingida.

Ele oscilou com o impacto, mas estava correndo tão depressa que ainda deu alguns passos antes de diminuir o ritmo.

O projétil se alojara em seu ombro esquerdo. Não acertara o coração e, ao que parecia, nem o pulmão.

— Corra, Valerie. Corra!

Ele lhe deu um empurrão com o braço bom.

Ela o conhecia desde que nascera, mas somente agora entendia como ele era bom, corajoso e honrado.

— Não, Henry. Não posso deixar você.

Olhando para trás, ela viu os soldados se aproximando.

Mas a igreja estava bem perto.

Então, passou o braço ileso dele sobre seus ombros e, juntos, percorreram a última dezena de metros, cambaleando sobre a neve. O sangue dele manchava sua capa vermelha com um vermelho ainda mais escuro.

Com passos trôpegos, chegaram à porta do santuário. Mais dois passos... mas Solomon estava parado diante da porta, bloqueando o caminho até o solo sagrado.

— Nós invocamos a proteção do santuário! — gritou Valerie.

— Ah, mas vocês não podem — respondeu Solomon, com voz cortante. — Vocês ainda não estão em solo sagrado.

Estendendo a mão, agarrou a seta no ombro de Henry.

— E isso pertence a mim.

Ele arrancou o dardo do ombro de Henry, produzindo um ruído semelhante ao de uma colher atravessando a polpa de uma melancia.

Cerrando os dentes de dor, Henry cambaleou para trás, segurando o ombro com a mão boa para estancar o sangramento.

Valerie teve vontade de espiar pelo ferimento aberto para saber o que no interior de Henry irradiava tanta bondade. Emitindo um clique como o de uma chave na fechadura, a pele dele voltou para o lugar. Eles poderiam viver felizes juntos, percebeu ela de repente. Seria a melhor coisa para todos.

Mas alguma coisa se agitou dentro de Valerie, quando ela escutou novamente:

— Valerie.

Ao se virar, viu-se frente a frente com o Lobo, cujos olhos resplandeciam como duas luas gêmeas. Seus lábios negros e úmidos estavam reluzentes.

Dois soldados jaziam mortos a seus pés.

O Lobo surgia diante dela como um grande monumento. Estava imóvel. O poder daquele vulto era quase reconfortante.

Os olhos de Solomon fitaram a lua de sangue que estava baixa no horizonte, quase invisível entre as casas, e de uma cor desbotada.

Com um movimento decidido, ele agarrou os cabelos loiros de Valerie e puxou sua cabeça para trás, encostando a espada na garganta exposta. Estava usando Valerie como escudo humano.

— Vamos ganhar tempo. Já está amanhecendo — confidenciou ele ao Capitão, com um sussurro áspero.

— Você quer que ela viva, não quer? — gritou então para o Lobo.

O Lobo olhou para Solomon, depois ansiosamente para a lua evanescente, cada vez mais pálida no céu.

Henry moveu-se em direção a Valerie, mas Solomon apertou a espada na garganta dela. Henry recuou. Valerie sentia na pele o afiado fio da lâmina.

Pela porta aberta da igreja, pôde ver os aldeões se reunindo para assistir à cena. Haviam se abrigado em tropel dentro da igreja e tinham o cuidado de permanecer em solo sagrado como crianças que ouvem uma discussão dos pais atrás do balaústre da escada. Nenhum deles se mostrava disposto a caçar o Lobo que tão ansiosamente queriam abater poucos dias antes.

— Primeiro ele morre, depois você — sussurrou Solomon para Valerie, fazendo um sinal com a cabeça para o besteiro mascarado, que aguardava a ordem no campanário da igreja com um braço pousado no parapeito.

Rapidamente, o besteiro disparou contra o Lobo, mas este pulou ao sentir o perigo e a seta se enterrou no chão. Ao ver o tiro desperdiçado, Solomon chegou ao limite. Não conseguia aguentar mais. A sede de sangue o devorara antes que o Lobo pudesse fazê-lo. Soltou então Valerie, ergueu a espada e investiu violentamente contra o Lobo. Veias saltavam em seu pescoço como ramos de uma árvore que tivesse se agigantado dentro dele a partir das sementes de sua obsessão.

O Lobo, porém, foi mais ágil, cravando suas gigantescas mandíbulas no pulso de Solomon, cortando primeiro os tendões, e depois os ossos. A mão de Solomon caiu pesadamente na neve, inteira, com seus medonhos dedos com unhas de prata ainda agarrados ao cabo da espada.

Gemendo de agonia, Solomon cambaleou para trás em direção à igreja, à segurança. O Lobo o perseguiu.

O besteiro mascarado desfechou outra chuva de setas. Enfurecido, o Lobo pegou o escudo de um dos soldados mortos e o atirou em direção ao campanário. O disco se chocou contra o peito do besteiro, rachando sua armadura e se enterrando na carne. O besteiro bateu contra o sino, que emitiu um dobre agourento.

Aproveitando o instante de distração, Henry segurou a mão de Valerie e a puxou para dentro da igreja. O Lobo pulou para frente, mas eles já estavam em solo sagrado e ele não pôde alcançá-los.

O Lobo olhou novamente a lua de sangue que já estava se pondo. O céu exibia os primeiros sinais de luz à medida que o sol se erguia de sua tumba.

A fera sabia que teria de agir rápido. Estendeu então a pata em direção a Valerie, transpondo a soleira de pedra, mas teve que retirá-la quando começou a pegar fogo. O Lobo trincou os dentes, olhando para a presa com seus quatro olhos.

— Você não pode se esconder.

A voz distorcida do Lobo exercia uma estranha atração sobre Valerie. O Lobo cuidaria dela como ninguém jamais cuidara.

— Passe pela porta ou eu vou matar todo mundo. Entendeu?

— Sim, entendi — disse ela, quase em transe.

— Estão vendo como ela fala com o Lobo?

Solomon procurava vingança mesmo mutilado, gritando para um soldado que estava cuidando de seu ferimento.

— Tome sua decisão.

A voz do Lobo ecoava nas paredes da mente de Valerie.

Ela pensou em todas as pessoas em torno dela, pensou em Henry. Viu todos em toda a sua defeituosa e perfeita humanidade. Não poderia deixá-las morrer.

O tempo passava mais devagar para Valerie, que estava impressionada com a estranheza da existência. Havia coisas demais: beleza demais, amor demais, dor e tristezas demais para uma vida só. O que fazer com tudo isso? Seria melhor não existir?

Olhou para o Lobo, ponderando o que um passo a frente significaria. Aqueles lindos olhos amarelos. Talvez não fosse a pior coisa... A ideia se transformou em uma brecha que se alargou dentro dela como uma fenda na terra que se torna um desfiladeiro. A solução era simples e fascinante. Ela sentiu que havia um elemento de vingança em ceder à vontade do Lobo. Ele não obteria Valerie, pois deixara de ser ela mesma.

Deixaria que o Lobo a levasse.

Caminhou então em direção à porta. Era surpreendentemente fácil. Estava prestes a dar o passo decisivo, o passo que a levaria para fora do solo sagrado, quando Henry percebeu o que ela estava fazendo e a puxou para trás, para onde o Lobo não conseguiria alcançá-la.

— Não vou deixar você destruir minha casa. Eu vou com você — disse ela ao Lobo. — Para salvar essa gente.

Ela sentia que sua voz, estridente e falsa, provinha de algum lugar fora dela. Não tinha medo do que viria a seguir. Havia tomado sua decisão. O mundo deixara de ser real.

Sob um silêncio ensurdecedor, o Lobo esperou que Valerie se aproximasse.

Mas o encanto foi quebrado por um movimento na multidão atrás dela, bem ao fundo. Alguém estava se aproximando, tropeçando nos joelhos e nas sacolas das pessoas.

Roxanne.

Roxanne se aproximou de cabeça baixa. O coração de Valerie bateu em três pulos quando avistou aqueles lindos cabelos cor de crepúsculo. O Lobo ela poderia suportar, mas não novas acusações das pessoas que amava.

— Eu não vou deixar você fazer esse sacrifício — disse Roxanne, plantando-se ao lado dela.

Valerie olhou para a amiga sem querer acreditar. Roxanne abanou a cabeça, com os olhos cheios de lágrimas.

Rose se adiantou a seguir.

— Nem eu.

Ela olhava ruborizada para Valerie, lembrando-se de como agira antes, levada pelo fervor dominante.

Marguerite, envergonhada pela coragem da filha, acompanhou-a, assim como outros aldeões, um a um: o dono da taverna, os empregados da tinturaria, os lenhadores, os amigos do pai de Valerie. Prudence foi a última a se juntar ao grupo, mas acabou dando um passo à frente, lutando contra as próprias emoções amargas.

Daggorhorn começava a alçar voo, como um bando de pássaros que, em conjunto, descobre que pode voar.

Saindo do pesadelo, os moradores da cidade se amparavam uns aos outros, erguendo uma barreira contra o Lobo. Era também uma barreira contra o mal que haviam deixado se instalar dentro deles mesmos. Por alguns momentos, o centro do universo estava ali, no pátio da igreja.

O Lobo, que não se preparara para isso, rugiu furiosamente. Estava tão perto da mulher que desejava, mas não tinha como alcançá-la...

A lua desapareceu no céu. A manhã começou a despontar. O Lobo sabia que não poderia permanecer ali, ou revelaria sua forma humana. Seus olhos relampejaram para Valerie uma última vez. Depois, com um rosnado raivoso, ele mergulhou na noite.

Os aldeões se dispersaram, evitando olhar uns para os outros. Não queriam quebrar o encanto. Mas eles o fizeram, embora o Lobo tivesse fugido. Tinham feito o que era certo, e o fizeram juntos.

Somente Valerie viu Solomon caminhando em sua direção com uma fúria incontrolável estampada no rosto, pior que a própria fera, pronto para obter a vingança que achava merecer. Sua única mão estava estendida. Valerie ergueu seus braços para se proteger. Mas ele agarrou sua cabeça, forçou seu peso contra ela e bateu contra o muro de pedra. Uma onda de choque percorreu os abalados aldeões.

Depois, puxou Valerie pelos cabelos e ergueu o rosto dela, que alinhou com o seu.

— Você ainda vai queimar, bruxa.

Ao ver Henry investindo contra ele, Solomon se virou, pronto para retalhá-lo com as unhas remanescentes.

Porém, um chicote chegou antes, assobiando elegantemente no ar, enrolando-se no braço de Solomon e o puxando para trás. Surpreso, Solomon olhou em volta e viu o Capitão se aproximar, com uma expressão dura no rosto.

— Na lua vermelha, um homem mordido é um homem amaldiçoado — lembrou o enorme Capitão ao seu comandante.

Solomon permaneceu impassível diante da verdade. Mas não conseguiu deixar de dizer:

— Minhas filhas vão ficar órfãs!

— Meu irmão tinha filhos também — zombou o Capitão.

Father Solomon olhou para o braço, assimilando a ideia de que a corrupção estava crescendo dentro dele. Ele não era melhor que o Lobo que caçara. Mas era um homem fiel a suas convicções, fiel até o amargo fim. Acreditava na pureza e na purificação; na velha e impiedosa eliminação do mal.

Com a mão que lhe restava, ele fez o sinal da cruz.

— Perdoe sua ovelha desgarrada, Pai. Eu só queria servir ao Senhor, queria nos proteger da escuridão... — mas não terminou a frase.

O Capitão, que também acreditava em vingança, ergueu a espada. Mais afiada que uma navalha, a lâmina atravessou rapidamente e de maneira limpa o coração de Solomon, sem esbarrar em nenhum osso — tal como Solomon matara o irmão do Capitão.

Roxanne virou o rosto, mas Valerie não o fez. Um mal fora corrigido, dentre muitos. Valerie sentiu alguma coisa na têmpora. Sangue escorria da ferida que Solomon abrira ao bater com sua cabeça no muro de pedra.

O simples fato de ver sangue em seus dedos a deixou estonteada. Ela caiu de joelhos.

"Onde está Peter?" perguntou a si mesma novamente.

Então, o mundo se transformou em um lugar imponderável e perdeu seus alicerces. Ela tombou no chão, mergulhando profundamente no centro de tudo.

29

Valerie inseriu-se novamente no mundo, vinda de um lugar escuro. Ao olhar em volta, reconheceu o cobertor. Estava na casa da Avó. Mas o cobertor não era branco? Agora estava vermelho – o mesmo vermelho de sua capa. Vibrante, como algo vivo.

Uma neve macia recomeçara a cair, como nunca antes, formando enormes depósitos que lembravam travesseiros. Devia ter nevado durante toda a noite. O céu era de uma brancura uniforme, como um sonho. Valerie olhou para a forma que estava ao seu lado. A Avó. Deveria ser Lucie. Onde estava Lucie? Desaparecera. Desaparecera para sempre, como se nunca tivesse existido.

O despertar de Valerie pareceu despertar a Avó também, que rolou para o lado e encarou a neta. Seus olhos eram úmidos, redondos como bolas de gude, e suas pupilas estavam dilatadas.

— Que olhos grandes você tem, vovó — observou Valerie calmamente.

Ela notou que todos os traços do rosto da Avó estavam bem definidos e acentuados. E teve as mesmas sensações que tinha quando bebia água depressa demais: enjoo e tontura.

— É para ver você melhor, querida — disse a Avó, com voz abafada.

Suas orelhas despontavam entre seus cabelos desgrenhados, estranhamente afiladas.

— Que orelhas grandes você tem, vovó.

— É para ouvir você melhor, querida.

Ao dizer isso, a Avó exibiu seus dentes. Ah, seus dentes. Pareciam maiores e mais aguçados que o normal.

— Que dentes grandes você tem, vovó.

— É para devorar você melhor, querida... — disse a Avó.

E pulou sobre ela...

Valerie acordou com um grito sufocado. Ao se orientar, percebeu que estava em sua própria cama. Viu Roxanne deitada ao seu lado, dormindo, com a luz da manhã sobre o rosto. Prendendo a respiração, olhou para a amiga. Roxanne não era Lucie, também.

Suzette, que estava ao lado da cama observando a filha dormir, inclinou-se sobre ela.

— Querida — disse com uma voz doce que soou estranha a Valerie.

Sua mãe tinha um olhar distante. Estaria infectada? Valerie olhou ao redor, e tudo lhe pareceu estranho; não era como deveria ser. Os objetos pareciam oníricos, grandes demais, pequenos demais.

— Fiz um pouco de mingau para você, o seu favorito — continuou Suzette na mesma voz doce. O aroma de melaço era irresistível. Ela mordeu o lábio. "Será que estou acordada?" Era difícil dizer.

Sua mãe tinha um sorriso fixo, pouco natural. Pulando da cama, Valerie desviou dela e desceu a escada descalça, dois degraus de uma vez.

— Valerie? — chamou Suzette, com a cabeça inclinada para o lado, como uma garotinha contando uma mentira.

— Estou saindo — respondeu Valerie, calçando as botas, pegando um lenço e algumas frutas que colocou em uma cesta. Depois, envolveu os ombros com a capa vermelha. Roxanne se mexeu na cama, abrindo os olhos e fungando o nariz.

— Saindo? — perguntou Suzette, divertida, descendo também a escada. — Para onde, querida?

— Para a casa da vovó. Eu tive... Acho que ela pode estar em perigo.

Ela também precisava encontrar Peter – se Peter pudesse ser encontrado. E Henry.

— Ah, Valerie! Você não tem que tomar conta de todo mundo. Eu fiz seu mingau favorito — repetiu Suzette, pousando a mão no rosto dela. Sua mão estava fria e pegajosa. Reptiliana. Valerie olhou para a mãe, que sussurrou:

— Você está segura conosco.

Roxanne olhou para elas do jirau, com as cobertas puxadas até o pescoço, piscando os olhos, sem saber o que estava acontecendo.

— Até logo, mãe. Até logo, Roxanne.

Valerie sentia-se sozinha, entregue a si mesma. Não precisava de ninguém.

Ao sair, foi recebida por um frio cortante. De certa forma, isso foi bom. Ela precisava de um choque. Precisava saber que estava viva.

Apertando-se na capa, enfiou o capuz na cabeça. O vento zunia através de seu corpo, penetrando na capa que inflava com ar gelado. Ela segurou a cesta à sua frente, com os dedos agarrados à alça. Cristais de gelo trazidos pelo vento se alojavam entre as tiras de vime.

Valerie começou a atravessar o vilarejo. Não havia ninguém por perto.

A neve não mantinha registro de sua passagem, apagando suas pegadas com novos flocos, que formavam um grosso cobertor. Passou pelo elefante de bronze, que estava caído de lado, com a barriga aberta. "Alguém mais estivera ali dentro?" Valerie tremeu ao pensar em Claude. Aprendera como a humanidade pode ser cruel. Sentia-se desgostosa; talvez fosse melhor ser um bicho que um ser humano.

O mundo invernal mantinha as pessoas dentro de casa. Quando uma tempestade como aquela ocorria, era impossível saber o que havia após cada curva, o que se mantinha oculto atrás ou à frente.

O Capitão fez um sinal para os soldados que estavam vestindo agasalhos, e estes recuaram quando ela se aproximou. Talvez por respeito à sua privacidade; talvez por desconfiança.

— Valerie.

O cavalo pateava, soltando vapor pelas narinas, que se condensava no ar frio da manhã, ansioso para prosseguir, como se estivesse na presença de algo maléfico.

— Quieto — disse Henry para acalmá-lo.

Parecia orgulhoso. Zeloso. Encontrara uma nova vocação. Iria perseguir o Lobo. O bem substituiria o mal, esperava Valerie.

— Você é um guerreiro — disse ela, com os olhos verdes elétricos.

— Você também — respondeu ele.

Valerie o envolveu com os braços e, ficando na ponta dos pés, alcançou seu rosto com os lábios. Gentilmente, as peles se encontraram em um beijo cálido e macio. Era como algo que se derreteria se fosse exposto ao sol. Algo que a deixou empolgada.

Ela sentiu a mão de Henry tocar suavemente seu roso. De repente, seus corpos se separaram, em uma nítida ruptura.

Henry hesitou, passando a mão pelos cabelos castanhos.

— O que houve? — perguntou ela.

— Ninguém viu Peter, Valerie — respondeu ele, montando na sela. — E quando eu descobrir onde ele está... Vou fazer o que tiver de ser feito.

Ele parecia enorme sobre o cavalo. Então, entrou na floresta desolada e se afastou do grande guerreiro.

Valerie sentia-se em débito com ele por diversos motivos. Ela escolhera o bem em vez do mal, e a defendera sacrificando a si mesmo para protegê-la do Lobo e para protegê-la de si mesma. Ela partira o coração de Henry por amor a Peter – alguém que sempre tomava as coisas sem pedir. Como ela não havia percebido a vida tranquila e segura que poderia ter com Henry? Sua nova compreensão a deixava calma.

A cada passada do corcel de Henry, Valerie, que nunca havia precisado de ninguém, sentia um pequeno vazio se abrir e crescer dentro de si mesma.

Valerie começou a correr. Suas pernas a transportavam suavemente, mecanicamente, em meio à nevasca, enquanto seus pés se afundavam na neve, encontrando a superfície quebradiça do solo invernal. Ela tinha certeza de que havia algo muito errado na casa da Avó... não que as coisas estivessem certas atualmente. Mas algo estava acontecendo, algo sombrio, e ela precisava ir até lá, pois lhe faltavam forças para se manter afastada.

Ela não parou nos campos para pensar em Lucie, nem nos bosques para pensar em Claude. Seu coração não palpitou quando passou pelo Grande Pinheiro. Suas perdas, seu passado. Os lugares eram indistinguíveis, a neve tornara tudo igual. Ela não parou para se orientar, mas se deixou levar pela sensação de urgência.

Passando pelo rio, que o frio transformara em uma tigela de leite, ouviu o gelo estalar como um galho cortado.

Então, finalmente, chegou ao Bosque do Corvo Negro. Já não estava longe da casa na árvore — apenas uns cem metros —, mas a trilha que percorrera tantas vezes parecia interminável. Ainda estava atordoada pelo ferimento na cabeça, e o mundo esbranquiçado ao seu redor entrava e saía de foco. Os únicos sons que ela ouvia eram produzidos pelas rajadas de vento, que silvavam através de ramagens congeladas.

Ela olhou em volta. Nada nas moitas. Nada à frente exceto o lugar para onde estava indo; nada atrás exceto os lugares que percorrera. Límpidas cortinas de neve se acumulavam no chão a cada segundo. Valerie seguiu em frente. Os nós de seus dedos estavam brancos de tanto apertarem a cesta; o couro de suas botas fora invadido pelo frio. O capuz de sua longa capa vermelha emoldurava seu rosto alvo, de bochechas rosadas.

Tendo percorrido muitas vezes aquele caminho, sabia instintivamente onde pousar cada pé. Mas ainda tinha que se esforçar para avançar, como se estivesse nadando em óleo. O ar a retalhava, enregelante. Os galhos das árvores se destacavam contra o céu cinzento. Havia uma ausência de odores; até mesmo seus sentidos estavam congelados. No frio, os dedos não sentiam, os olhos não enxergavam.

A neve começou a cair tão pesadamente que qualquer coisa a mais de um metro e meio à frente se perdia no branco exuberante. Valerie não tinha certeza de estar consciente. Mas ouviu um zumbido quase inaudível entre as árvores. De vez em quando, algo estalava; quando olhava, não via nada.

Mas podia *sentir* alguma coisa atrás dela, cada vez mais próxima. Aguçou então os ouvidos e tentou não fazer barulho mesmo quando começou a correr. Um animal. Com certeza era um animal. Já é manhã, lembrou-se. *Não pode ser o Lobo.*

Sim. Havia alguma coisa lá. Ela tinha certeza.

Estava ouvindo seus passos. Cada vez mais alto.

E mais perto.

Ela diminuiu o passo. Não estava com medo, disse a si mesma. Poderia ser Suzette correndo atrás dela, aborrecida com o modo como ela havia saído de casa. Ou Henry, para dizer que ficaria com ela.

Mas... *poderia* ser o Lobo em sua forma humana. O que quer que fosse, decidiu, não poderia ser pior que as coisas que já enfrentara. Virou-se então, derrotada, pronta para enfrentar seu destino sombrio.

Era Peter, o *seu* Peter, seguindo a garota que amava, a garota sem a qual não poderia viver. Sua camisa preta estava rasgada, e sua capa havia desaparecido.

— Valerie, graças a Deus você está bem!

O frio fazia seu rosto brilhar. Ele estava lindo — neve nas pálpebras, como diamantes, o rosa pálido das bochechas, o vermelho úmido dos lábios. Ele cambaleou em direção a ela.

— Vou ter que deixar você. — Ele estava ofegante. — Você nunca estará segura comigo.

Fosse quem fosse, ele não poderia ser mau. Um pensamento surpreendente e terrível penetrou na mente de Valerie, dissolvendo todos os outros.

— Peter... — disse ela caminhando até ele de braços estendidos.

Finalmente, ambos se abandonaram um ao outro e cingiram os corpos. Os dedos frios de Valerie encontraram o calor do rosto de Peter, cujos braços se aninharam sob a capa vermelha. Os longos e louros cabelos de Valerie esvoaçavam ao vento. Envolvidos pelo manto branco da neve, eles se destacavam em negro e vermelho. Só eles existiam. Nada mais em lugar nenhum. Valerie sabia que jamais poderia viver longe dele; sabia que era o que ele era e que seria dele para sempre.

Não lhe importava que ele fosse o Lobo. Se fosse, ela também seria.

Tendo feito sua escolha, levou seus lábios até os dele.

Será este
o verdadeiro final
da história de Valerie?

Visite

www.editoraid.com.br/agarotadacapavermelha

e descubra!

AGRADECIMENTOS

Gostaria de agradecer a David Leslie Johnson e a Catherine Hardwicke por criarem magia. A Jennifer Davisson Killoran, Julie Yorn, Michael Ireland, Alex Mace e à equipe da Warner Bros. por seu inabalável apoio. A Marcus Andersson, Nikki Ramey, Patrick Sanchez-Smith e Adriana Stimola pelo encorajamento que deram e pela paciência que demonstraram durante os inúmeros rascunhos.

Como sempre, considero-me em dívida com Carroll Cartwright e Mary Gordon, que me ensinaram tudo.

Também gostaria de agradecer especialmente a Erin Stein, minha editora na Little Brown, pela confiança e por ser uma guia tão fenomenal.

Ronee Blakley

Sarah Blakey-Cartwright acabou de se pós-graduar com mérito no Barnard College. Obteve o Prêmio Mary Gordon de Ficção no período de 2008-2009 e o Prêmio Lenorer Marshall Barnard de Prosa no período de 2009-2010. Cresceu em Los Angeles e no México. Atualmente, vive na cidade de Nova York e escreve em Vancouver, na Colúmbia Britânica. Apesar do que o livro diz, ela realmente prefere lobos a pessoas.

David Leslie Johnson

David Leslie Johnson cresceu em Mansfield, Ohio, e começou a escrever peças ainda no segundo grau. Seu primeiro trabalho foi elaborado aos 19 anos. Formou-se na Universidade Estadual de Ohio, em Columbus, com diploma de Belas Artes em fotografia e cinema. Após trabalhar como assistente de produção no filme indicado ao Oscar *Um sonho de Liberdade*, Johnson foi assistente do diretor e escritor Frank Darabont por cinco anos, aprendendo o ofício de roteirista com um dos talentos mais respeitados da indústria cinematográfica.

O projeto mais recente de Johnson foi o roteiro original para o filme *A Garota da Capa Vermelha*, dirigido por Catherine Hardwicke. Atualmente trabalha em vários projetos em andamento. Johnson mora em Burbank, Califórnia, com a esposa, a escritora de roteiros Kimberly Lofstrom Johnson, e o filho, Samuel.

Matt Holyoak

Catherine Hardwicke trabalhou em projetos de produção cinematográfica antes de se tornar a premiada diretora de filmes como *Aos treze*, *Os reis de Dogtown* e *Jesus: a história do nascimento* – além do famoso *Crepúsculo*, baseado em romance de Stephenie Meyer. Os filmes de Hardwicke receberam várias aclamações, inclusive indicações para o Oscar e para o Globo de Ouro e seis MTV *Movie Awards*.

Harwicke também é autora do *best-seller Crepúsculo – Livro de Anotações da Diretora*, segundo o *New York Times*. Seu projeto mais recente é uma adaptação gótica e *dark* de *Chapeuzinho Vermelho*.